KÖNIGS ERLÄUTERUNGE

Band 443

CW01661550

Textanalyse und Interpretation zu

**Thomas Mann**

# DER ZAUBERBERG

Nadine Heckner und Michael Walter

Alle erforderlichen Infos für Abitur, Matura, Klausur und Referat
plus Musteraufgaben mit Lösungsansätzen

Bange Verlag

**Zitierte Ausgabe:**
Thomas Mann: *Der Zauberberg*. Frankfurt am Main: Fischer Taschenbuch Verlag, 19. Auflage 2008.

**Über die Autoren dieser Erläuterung:**
**Nadine Heckner** (* 1978) Studium an der Ruhr-Universität Bochum und der University of Limerick (Irland) in den Fächern Germanistik und Geschichte. Beschäftigt als Hilfskraft im Dekanat für Philologie. Freie (Foto-)Journalistin und Herausgeberin des Internetmagazins *Kreide-Kreis*. Sie lebt in Essen.
**Michael Walter** (* 1981) Studium der Germanistik und Geschichte. Arbeiten als Autor und Komponist. Er ist verheiratet, hat einen Sohn und lebt im Ruhrgebiet.



2. Auflage 2014
**ISBN 978-3-8044-1942-1**
PDF: 978-3-8044-5942-7, EPUB: 978-3-8044-6942-6

Titelbild: Inszenierung am Maxim Gorki Theater Berlin © Cinetext/OZ
Druck und Weiterverarbeitung: Tiskárna Akcent, Vimperk

# 1. DAS WICHTIGSTE AUF EINEN BLICK – SCHNELLÜBERSICHT

Damit sich jeder Leser in unserem Band rasch zurechtfindet und das für ihn Interessante gleich entdeckt, hier eine Übersicht.

Das 2. Kapitel stellt das **Leben Thomas Manns** dar und bettet dieses und das Werk des Autors in den **zeitgeschichtlichen Hintergrund** ein.

⇨ S. 10 ff.

→ Thomas Mann lebte von 1875 bis 1955, zunächst in Lübeck, später in München. Nach der Machtergreifung der Nationalsozialisten verbrachte er die meiste Zeit bis Kriegsende in den USA, seinen Wohnsitz hatte er u. a. im kalifornischen Pacific Palisades. Die letzten Jahre seines Lebens verbrachte Mann im schweizerischen Kilchberg bei Zürich. Nach Deutschland kehrte er nach den Kriegsjahren nicht dauerhaft zurück. (Abschnitt 2.1)

⇨ S. 13 ff.

→ Inmitten der Arbeit am *Zauberberg* kam es im Jahr 1914 zum Ausbruch des Ersten Weltkrieges, der die Entstehung des Romans und dessen Inhalt maßgeblich beeinflusste. (Abschnitt 2.2)

⇨ S. 17 ff.

→ *Der Zauberberg*, ein Schlüsselwerk im Schaffen Manns, erschien 1924, also noch im Jahr der Fertigstellung, erstmalig. Schon zuvor war Thomas Mann international mit seinen Werken in Erscheinung getreten, nicht zuletzt mit seinem Debüt-Roman *Buddenbrooks*, der ihm im Jahr 1929 den Nobelpreis für Literatur einbrachte. (Abschnitt 2.3)

Das 3. Kapitel dieser Erläuterung führt in die **Textanalyse und -interpretation** des *Zauberbergs* ein.

**Entstehung und Quellen:**

Zur Arbeit am *Zauberberg* wurde Thomas Mann durch einen Sanatoriumsaufenthalt seiner Frau im schweizerischen Davos inspiriert. (Abschnitt 3.1) ⇨ S. 26 ff.

**Inhalt:**

Der Roman *Der Zauberberg* ist unterteilt in sieben Kapitel und einen Vorsatz. Er erzählt die sieben Jahre während der Aufenthaltszeit Hans Castorps im Sanatorium Berghof. Ursprünglich angereist, um seinem Vetter Joachim Ziemßen einen dreiwöchigen Besuch abzustatten, entwickelt sich der Schauplatz für den jungen Patriziersohn bald zu einem Ort der Begegnung mit Themen wie Philosophie, Religion, Krankheit, Tod und Liebe. Die Figuren Lodovico Settembrini, Clawdia Chauchat, Leo Naphta und Mynheer Peeperkorn sind jeweils Castorps Bezugspunkte für die Beschäftigung mit diesen Themenfeldern. ⇨ S. 30 ff.

**Personen:**

Die Hauptpersonen sind:

**Hans Castorp:** ⇨ S. 58 f.

- zu Beginn der Handlung 23 Jahre alt
- Vollwaise
- Absolvent eines Ingenieurstudiums
- gilt weder als Genie noch als unterdurchschnittlich begabt.

**Joachim Ziemßen:** ⇨ S. 59 f.

- Sohn von Castorps Stieftante Luise
- eine sympathische Figur
- will sich zum Soldaten ausbilden lassen.

⇨ S. 60 f.

**Lodovico Settembrini:**
- Literat
- hegt Hans gegenüber pädagogische Absichten.
- Humanist und Freimaurer

⇨ S. 61 ff.

**Leo Naphta:**
- Jesuit und Kommunist
- tritt als Gegenspieler Settembrinis auf.
- lebt im gleichen Haus wie Settembrini.

⇨ S. 63 ff.

**Mynheer Peeperkorn:**
- besticht durch sein äußeres Erscheinungsbild.
- erklärt sich und Castorp zu Brüdern.
- begeht Selbstmord.

⇨ S. 65 ff.

**Clawdia Chauchat:**
- Russin
- Femme fatale
- ist verheiratet, empfängt nur selten Besuch von ihrem Mann.

Diese und andere Figuren werden wir ausführlich vorstellen. (Abschnitt 3.4)

**Stil und Sprache:**

⇨ S. 79 ff.

- **Leitmotivtechnik:**
  Mann versetzt seinen Text mit sogenannten Leitmotiven, die sich durch den gesamten Roman ziehen. Diese Technik übernimmt Mann von der Musik, wo sie in meisterlicher Weise von Richard Wagner eingesetzt wurde.

→ **Ironischer Stil:** ⇨ S. 84 f.
Die Verwendung von ironischen Stilmitteln dient unter anderem der Distanzierung des Autors zu seinen Figuren; auch können Dinge mitgeteilt werden, die eigentlich nicht gesagt werden dürfen. Aussagen werden in ihr Gegenteil verkehrt oder in ihrem Verständnisbereich erweitert.

→ **Sprache:** ⇨ S. 86
Im Hinblick auf die Sprache Manns fällt insbesondere die häufige Verwendung von medizinischen Fachtermini auf. (Abschnitt 3.6)

**Interpretationsansätze:**

Der Zauberberg wurde im Laufe der Jahrzehnte auf verschiedene Weisen interpretiert. Die wichtigsten Ansätze werden erläutert, darunter die Interpretation des Werkes als Zeit-, Bildungs- oder Gesellschaftsroman. (Abschnitt 3.7) ⇨ S. 87 ff.

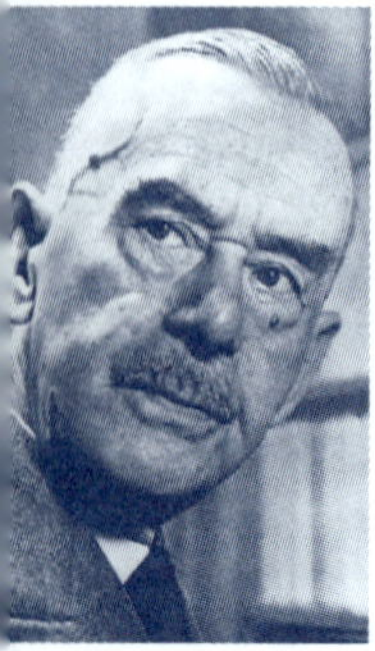

Thomas Mann (1875–1955)


# 2. THOMAS MANN: LEBEN UND WERK

## 2.1 Biografie

| JAHR | ORT | EREIGNIS | ALTER |
|---|---|---|---|
| **1875** | Lübeck | Thomas Mann wird am 6. Juni als zweiter Sohn des Speditionskaufmanns und späteren Senators Heinrich Mann und dessen Frau Julia (geb. Bruns) geboren. | |
| **1891** | Lübeck | Tod des Vaters | 16 |
| **ab 1893** | Lübeck | Mann verfasst Aufsätze für die u. a. von ihm mit herausgegebene Zeitschrift *Der Frühlingssturm*. Monatszeitschrift für Kunst, Literatur und Philosophie. | 18 |
| **1894** | Lübeck/ München | Er verlässt das Gymnasium und folgt seiner Mutter und seinen Geschwistern nach München. Hier arbeitet er als Volontär bei einer Versicherungsgesellschaft. Seine erste Novelle *Gefallen* erscheint. | 19 |
| **1895** | München | Mann entschließt sich zu einer Existenz als freier Schriftsteller und gibt seinen bürgerlichen Beruf auf; Gasthörer an der Technischen Hochschule, Plan für eine journalistische Laufbahn | 20 |
| **1896–1898** | Italien | Gemeinsam mit seinem Bruder Heinrich geht Mann auf eine zweijährige Italienreise; auf dieser Reise beginnt er mit der Arbeit an den *Buddenbrooks*. | 21–23 |
| **1898** | | Manns Novellen-Sammlung wird unter dem Titel *Der kleine Herr Friedemann* publiziert. | 23 |
| **1898–1900** | München | Mann arbeitet als Korrektor und Lektor bei der satirischen Zeitschrift Simplicissimus. | 23–25 |

| JAHR | ORT | EREIGNIS | ALTER |
|---|---|---|---|
| **1899** | Dänemark | Auf einer Urlaubsreise entsteht die Novelle *Tonio Kröger*. | 24 |
| **1901** | | *Buddenbrooks* erscheint und wird ein triumphaler Erfolg. | 26 |
| **1905** | München | Mann heiratet Katharina Pringsheim, genannt Katia, aus der Ehe gehen sechs Kinder hervor. | 30 |
| **1912** | Davos (Schweiz) | **Mai/Juni: Mann besucht seine Frau Katia in Davos, wo sie sich wegen einer Lungenerkrankung in einem Sanatorium aufhält.** Okt./Nov.: *Der Tod in Venedig* erscheint. | 37 |
| **1913** | München | **Mann beginnt mit der Arbeit am *Zauberberg*.** | 38 |
| **1918** | | *Betrachtungen eines Unpolitischen*. Thomas Manns Kriegsbegeisterung und die Verteidigung des Kaisertums führen zum Bruch mit Bruder Heinrich, der sich inzwischen als Demokrat sieht, sie versöhnen sich erst im Jahre 1922. | 43 |
| **1924** | | ***Der Zauberberg* erscheint.** | 49 |
| **1929** | Stockholm | Mann erhält den Nobelpreis für Literatur für die *Buddenbrooks*. | 54 |
| **1930** | Berlin | *Deutsche Ansprache – Ein Appell an die Vernunft* (Mahnrede Manns angesichts des Stimmenzuwachses der NSDAP); *Mario und der Zauberer* erscheint. | 55 |
| **1933** | | Mann begibt sich auf eine Reise durch Europa, von der er nach der nationalsozialistischen Machtübernahme nicht nach Deutschland zurückkehrt. Aufenthalt in der Schweiz, an der französischen Riviera, Niederlassung in Küsnacht bei Zürich. Der erste Teil von *Joseph und seine Brüder* erscheint. | 58 |

| JAHR | ORT | EREIGNIS | ALTER |
|---|---|---|---|
| **1936** | Küsnacht bei Zürich | Öffentliche Absage an das nationalsozialistische Deutschland, Mann wird daraufhin die deutsche Staatsbürgerschaft aberkannt; er erhält die tschechoslowakische. | 61 |
| **1938** | Princeton (USA) | Emigration nach Princeton, Mann ist an der dortigen Universität als Gastprofessor tätig. | 63 |
| **1939** | | *Lotte in Weimar* erscheint. | 64 |
| **1940–1945** | | Unter dem Titel *Deutsche Hörer* werden ca. 60 Kommentare Thomas Manns mit Hilfe der BBC monatlich nach Deutschland übertragen. | 65–70 |
| **1941** | Pacific Palisades | Umzug nach Pacific Palisades bei Los Angeles | 66 |
| **1944** | Pacific Palisades | Mann nimmt die amerikanische Staatsbürgerschaft an. | 69 |
| **1945** | Pacific Palisades | In dem offenen Brief *Warum ich nicht nach Deutschland zurückkehre* beschäftigt sich Th. Mann mit dem Problem der Kollektivschuld des deutschen Volkes. | 70 |
| **1947** | | Erste Europareise nach dem Krieg; *Doktor Faustus* erscheint. | 72 |
| **1949** | Deutschland | Erster Deutschlandbesuch nach dem Krieg | 73 |
| **1952** | Erlenbach bei Zürich | Mann siedelt nach Erlenbach bei Zürich um, da er in den USA als Sympathisant des Kommunismus angeklagt wird. | 77 |
| **1954** | | Der erste Teil des Romans *Bekenntnisse des Hochstaplers Felix Krull* erscheint, er bleibt Fragment. | 79 |
| **1955** | Zürich | Thomas Mann stirbt am 12. August im Kantonsspital Zürich. | 80 |

## 2.2 Zeitgeschichtlicher Hintergrund

ZUSAMMEN-FASSUNG

Wichtig zu Beginn des 20. Jahrhunderts:

→ Deutschlands Bemühungen, eine imperialistische Großmacht zu werden
→ stärker werdende Konkurrenz zwischen den Großmächten („Wettrüsten")
→ Hochkonjunktur von Rassismus und Militarismus in Deutschland
→ weltpolitische Isolation Deutschlands zu Beginn des Ersten Weltkriegs
→ Ermordung des österreichischen Thronfolgers Franz Ferdinand und dessen Frau durch den serbischen Studenten Gavrilo Princip (Auslöser des Ersten Weltkriegs)

Der Erste Weltkrieg

Die von Thomas Mann erzählte Zeitspanne im Roman *Der Zauberberg* umfasst, von der Ankunft Castorps im Sanatorium an einem Dienstag im August 1907 bis hin zum Ausbruch des Ersten Weltkrieges 1914, sieben Jahre. Bedenkt man die lange Entstehungszeit dieses Zeit- und Bildungsromans von 1913 bis 1924, stellt man fest, dass das vom Autor erzählte Geschehen vor dem Hintergrund eines ungemein umfangreichen zeitgeschichtlichen Zusammenhangs während einer Zeit der geistigen und politischen Neuorientierung zu lesen ist.[1]

---

1 Wolfgang J. Mommsen, *Der Erste Weltkrieg. Anfang vom Ende des bürgerlichen Zeitalters.* Frankfurt am Main: Fischer Taschenbuch Verlag, 2004. Neben den politischen Entwicklungen, die zu diesem Krieg führten, schildert Mommsen den Kriegsalltag sowie die Rolle deutscher und englischer Schriftsteller im Ersten Weltkrieg.

Die Entstehungszeit war geprägt durch weltgeschichtliche Entwicklungen, die schließlich, ein Jahr nach Aufnahme der Arbeit am *Zauberberg*, zum Ausbruch des Ersten Weltkrieges führten. Der Auslöser der Kettenreaktion, die den Ersten Weltkrieg zur Folge hatte, war das Attentat des serbischen Studenten Gavrilo Princip auf den österreichischen Thronfolger Franz Ferdinand und dessen Frau Sophie von Hohenberg (28. Juni 1914). Kurz nach deren Ankunft zu einem Besuch in Sarajevo tötete Princip die beiden Mitglieder des Könighauses. Die österreichische Vergeltungsaktion gegen Serbien führte schließlich zum Ersten Weltkrieg.

Konfliktpotenzial

Zu Beginn des 20. Jahrhunderts entwickelte sich eine immer stärker werdende Konkurrenz zwischen den Großmächten, zu denen in dieser Zeit auf der einen Seite England, Frankreich und Russland (Entente), auf der anderen Seite Deutschland und Österreich-Ungarn gehörten. Militärbündnisse wurden verhandelt, beschlossen und wieder aufgegeben; die Großmächte begannen ein Wettrüsten.

Wettrüsten

In Deutschland wurden Wehrsteuern zur Aufrüstung der eigenen Flotte eingeführt. Ziel des deutschen Kaisers war es, das Reich zu einer imperialistischen Großmacht zu formen, wozu ihm eine starke deutsche Flotte unverzichtbar erschien.

Balkankonflikt

Starkes Misstrauen der anderen europäischen Großmächte dem Deutschen Reich gegenüber war bei dieser aggressiven Militärpolitik Wilhelms II. nur eine logische Konsequenz. Weiteres Konfliktpotenzial bot die politische Situation auf dem Balkan zu Beginn des 20. Jahrhunderts. Bereits 1908 schien sich ein militärischer Konflikt anzubahnen, als Österreich-Ungarn Bosnien und Herzegowina annektierte. Serbien, das seine politischen Pläne gestört sah, wendete sich gegen das Vorgehen Österreich-Ungarns, worauf Russland sich der serbischen Position anschloss. Einzig durch Vermittlung des Deutschen Reiches konnte die Eskalation des Konfliktes verhindert werden.

Durch seine Außenpolitik war das Deutsche Reich bis zum Ausbruch des Ersten Weltkrieges in eine weltpolitische Isolation geraten.

Innenpolitische Krise

Auch um die Innenpolitik Deutschlands war es in dieser prekären außenpolitischen Lage nicht besser bestellt. Eine aufgrund der Industrialisierung schnell heranwachsende Arbeiterbewegung schritt in einen selbstbewussten politischen Kampf gegen die Obrigkeit des Landes, und auch das Bürgertum erbat sich von dieser mehr Mitspracherecht. Der Kaiser jedoch hatte im Sinn, den Reichstag mittels eines Staatsstreiches aufzulösen, um seiner Politik wieder mehr nationales Gewicht geben zu können. Pläne zur Zerschlagung der Sozialdemokratie gingen mit diesem Vorhaben einher.

Kampf um mehr Mitspracherecht

Die Gesamtsituation Deutschlands zu dieser Zeit förderte den Aufschwung des Nationalismus und Imperialismus, die Stimmung im Lande wurde genutzt, um eine Anhängerschaft von einigen Millionen Bürgern für deutschnationale Interessen zu gewinnen. Rassismus, deutschnationales Gedankengut und Militarismus hatten Hochkonjunktur.

Kriegsbegeisterung

In dieser Situation nach der Ermordung Franz Ferdinands und seiner Gemahlin gab man aus Berlin dem Bündnispartner Österreich-Ungarn Rückendeckung in Form einer am 6. Juli 1914 zugesicherten Blankovollmacht. Diese Blankovollmacht sah eine deutsche Intervention im Falle eines russischen Eingreifens vor; allerdings hielt man im deutschen Reich die ganze Angelegenheit zuerst noch für einen lokal begrenzten Konflikt zwischen Österreich-Ungarn und Serbien. Mit der Kriegserklärung Österreich-Ungarns an Serbien am 28. Juli, genau einen Monat nach dem Attentat, wurde jedoch eine Reihe von Bündnissen aktiviert, die sehr rasch zum Weltkrieg führten. In Anbetracht der Tatsache, dass Russland nun Bereitschaft zeigte, seinen Bündnispartner Ser-

Russland greift ein

10 Millionen Todesopfer

bien militärisch zu unterstützen, drängte das Deutsche Reich gegenüber Österreich-Ungarn darauf, den Krieg auf dem Balkan mit der Eroberung Belgrads abzuschließen und den Krieg dadurch zu beenden. Hierfür war es jedoch zu spät, da der Zar in Russland am 30. Juli die Generalmobilmachung der russischen Armee billigte; eine Teilmobilmachung wurde bereits am 27. Juli eingeleitet. Am 1. August erfolgte die deutsche Kriegserklärung gegen Russland, nur zwei Tage später erklärte Deutschland Frankreich den Krieg, um einen aufreibenden Zweifrontenkrieg durch schnelle Eroberung Frankreichs zu vermeiden, wiederum zwei Tage später, am 5. August, trat England in den Krieg ein: Die deutsche Invasion des neutralen Belgiens auf dem Weg nach Frankreich war der offizielle Grund für Großbritanniens Kriegseintritt. Der bis dato größte und zerstörerischste Krieg nahm seinen Anfang, eine globale Auseinandersetzung, an deren Ende nahezu 10 Millionen Todesopfer zu beklagen waren.

## 2.3 Angaben und Erläuterungen zu wesentlichen Werken

**1914–18** 1. Weltkrieg

**1929** Literaturnobelpreis für *Buddenbrooks*

**1939–45** 2. Weltkrieg

**1949** Gründung der BRD

**1955** Tod

**1901** *Buddenbrooks*

**1912** *Der Tod in Venedig*

**1918** *Betrachtungen eines Unpolitischen*

**1924** ***Der Zauberberg***

**1933–43** *Joseph und seine Brüder* (4 Teile)

**1947** *Doktor Faustus*

ZUSAMMENFASSUNG

- Bereits in jungen Jahren konnte Thomas Mann mit *Buddenbrooks – Verfall einer Familie* einen glänzenden literarischen Erfolg für sich verbuchen, der ihm später sogar den Nobelpreis für Literatur einbrachte (1929).
- Immer wieder verschätzte sich Thomas Mann, wenn es um den Umfang seiner geplanten Arbeiten ging. So war *Der Zauberberg* zunächst als kleinere Erzählung geplant. Dem Autor gelangen auch in der „kleineren“ Form der Erzählung/Novelle Werke von höchster künstlerischer Bedeutung. *Der Tod in Venedig* (1912) ist wohl eines der bedeutendsten Beispiele dafür.
- In seinem Spätwerk *Doktor Faustus* (1947) stellt Thomas Mann eine Künstlerpersönlichkeit in den Mittelpunkt der Handlung: den Komponisten Adrian Leverkühn.

### *Buddenbrooks. Verfall einer Familie*

Thomas Mann gilt in der Literaturgeschichte als der bedeutendste deutsche Epiker des 20. Jahrhunderts. Zu diesem Ruf trug zu großen Teilen sein Debütroman *Buddenbrooks. Verfall einer Familie*, erschienen 1901, bei. Die zweite Auflage dieses Werkes begründete den weltweiten Ruhm des damals noch jungen Autors. Die *Buddenbrooks* sind bis zum heutigen Tage mit vielen Millionen verkauften Exemplaren in fast vierzig Sprachen Manns meistgelesenes Buch.

Das erfolgreichste Buch

Wie später bei der Niederschrift des *Zauberbergs* verschätzte sich Thomas Mann auch bei der Abfassung der *Buddenbrooks* maßlos, was den Umfang des Romans betraf. Die Entstehungszeit des Werkes betrug vier Jahre (1897–1900).

Niedergang einer Familie

Thematisch behandelt das Werk die Geschichte der Lübecker Kaufmannsfamilie Buddenbrook. Über vier Generationen wird der Verfall der Familie erzählt.

Zu Beginn der Handlung werden die kaufmännischen Geschicke der Familie um den zu diesem Zeitpunkt ca. siebzigjährigen Urgroßvater Johann Buddenbrook dargestellt. Er

Keine unbekümmerte Lebensbejahung

> „repräsentiert das noch unerschütterte Lebensgefühl eines Bürgertums, das, selbstsicher und tatkräftig, seinen Besitz klugem Unternehmergeist verdankt … Für seinen Sohn, Konsul Johann Buddenbrook, gelten die überkommenen Prinzipien bürgerlicher Lebensführung unverändert, doch ist für ihn bereits nicht mehr unbekümmerte Lebensbejahung, sondern ein pietistischstrenges Ethos charakteristisch.“[2]

2 Jens (Hrsg.), S. 62.

Konsul Buddenbrook zeigt sich als Kaufmann nicht sonderlich geschickt. An den Charaktereigenschaften und Lebenswegen seiner vier Kinder erkennt man den zunehmenden Verfall der einstmals angesehenen Familie. Thomas kann sich als modern denkender Mensch nicht in den althergebrachten Lebensformen seiner Familie zurechtfinden, Christian, sein Bruder, fristet seine Existenz als Lebemann und Nichtsnutz, dabei ständig verschuldet, in fragwürdigen Kreisen. Die kindliche Tony bleibt auch nach der zweiten gescheiterten Ehe von naiv-gutgläubiger Natur, während Clara bereits kurz nach ihrer Eheschließung an Gehirntuberkulose stirbt.

Die Brüder Thomas und Christian

Den äußeren Gipfel ihrer bürgerlichen Macht erreicht die Familie Buddenbrook jedoch erst in der dritten Generation. Thomas gelingt es durch eiserne Disziplin, die Stellung eines Lübecker Senators zu erlangen; er kann also das große Erbe der Familie fortführen.

Thomas wird Senator in Lübeck

Hanno, sein Sohn aus der Ehe mit einer musikalisch außerordentlich begnadeten Niederländerin, gerät nach seiner Mutter; seine musikalischen Interessen treten früh zutage. Mit ihnen entwickeln sich in ihm Züge eines entbürgerlichten und übersensiblen Künstlertypus, der sich nach dem Tod seines Vaters nicht in der Lage sieht, die geschäftlichen Belange der Firma Buddenbrook in angemessener Form weiterzuführen. Er stirbt an einer Typhusinfektion. Die Zeit der Machtfülle patrizischer Bürgerfamilien ist vorbei, an ihre Stelle treten bourgeoise Kapitalisten wie die Familie Hagenström.

Der Künstler Hanno

In der Entwicklung der Familiengeschichte vom Bürger- zum Künstlertum zeigt sich eine von Generation zu Generation fortschreitende Entbürgerlichung der Buddenbrooks, die mit der Figur des Hanno ihren Endpunkt findet. Dieser Gegensatz zwischen Künstler und Bürger sollte zu einem der Hauptthemen Manns werden.

„Entbürgerlichung“

### *Der Tod in Venedig*

Entstanden im Jahr 1911 und 1912, erschienen 1912, entwickelte sich *Der Tod in Venedig* zu einem der wichtigsten Werke des Autors. Es schließt die Reihe seiner vor dem Ersten Weltkrieg vollendeten erzählerischen Werke ab.

Künstlerleben

Das Werk erzählt die Geschichte des Schriftstellers Gustav von Aschenbach. Dieser Hauptfigur der Novelle sind einige real existierende Personen zuzuordnen. Er trägt Züge des Komponisten Gustav Mahler. Ähnlichkeiten zu den Charakterzügen Richard Wagners sind ebenfalls nicht zu übersehen. Dazu gesellen sich einige Gemeinsamkeiten mit Thomas Mann, so zum Beispiel Aschenbachs Wohnung in München (Mann wohnte zu dieser Zeit in München) sowie der frühe Ruhm, der sowohl Thomas Mann als auch die von ihm erfundene Figur des Schriftstellers Aschenbach kennzeichnet.

Verschränkung psychologischer und mythologischer Motive

> „Die weltberühmte Novelle um den alternden Schriftsteller Gustav von Aschenbach ist für junge Leserinnen und Leser keine leichte Kost. Die Verschränkung psychologischer und mythologischer Motive, die implizite Auseinandersetzung mit der ‚Neuklassik', aber auch die Motivation der ‚menschlichen Tragödie Aschenbach' stellen Momente dar, die ihrer Lebenswelt eher fern sind.“ [3]

Geistige Verwandtschaft zum *Zauberberg*

Trotz dieser Schwierigkeiten ist die Lektüre lohnenswert, gerade in Bezug auf seine geistige Verwandtschaft zum *Zauberberg*, der zunächst als humoristisches Gegenstück zu dieser Novelle geplant war. Thomas Mann jedenfalls zählte den *Tod in Venedig* zu einem seiner Hauptwerke.

---

3 Kämper-van den Boogaart, S. 95.

### *Betrachtungen eines Unpolitischen*

Die kulturpolitische Streitschrift wurde zwischen 1915 und 1918 abgefasst und noch im selben Jahr veröffentlicht. Nie zuvor habe der Autor

> „eine Arbeit betrieben, die in meinen eigenen Augen so sehr das Gepräge des Privatwerkes und der öffentlichen Ausweglosigkeit getragen hätte. Ich war allein mit meiner Plage. Keinem Fragenden war auch nur klarzumachen, was ich da eigentlich täte.“ [4]

Das Werk war der Hauptgrund für die bis 1922 währende politische und persönliche Differenz zwischen den Brüdern Heinrich und Thomas Mann. Die inhaltlich durchaus problematisch zu nennenden *Betrachtungen* zeigen einen Schriftsteller, der sich offen zu seiner Kriegsbegeisterung bekennt. In diesem Zusammenhang darf jedoch nicht vergessen werden, dass es in weiten Teilen des europäischen Geisteslebens zu diesem Enthusiasmus gekommen war, weil man glaubte, dass ein großer Krieg eine große Läuterung über Deutschland und den Rest der Welt bringen könne.

Bruch mit dem Bruder

Kriegsbegeisterung nicht untypisch

Im Zusammenhang mit dem *Zauberberg* sind die *Betrachtungen* von einiger Wichtigkeit, denn nicht nur zeitlich stehen sie in enger Verwandtschaft zum *Zauberberg*, in den sogar einige wörtliche Zitate des Pamphlets eingeflossen sind.

Während Heinrich Mann sich früh als unerbittlicher Gegner des Wilhelminischen Deutschlands, als Antinationalist und Pazifist hervortat, spielte Thomas lange die Rolle des in seinem Elfenbeinturm lebenden, weltabgewandten Schriftstellers. In der Tat musste er im Jahr des Kriegsausbruches zugeben, von der Gefährlichkeit der politischen Lage Europas und den lange drohenden Konsequenzen

Heinrich ist ein Gegner des Kaiserreichs

---

4 Mann, *Reden und Aufsätze*, S. 128.

eines Krieges nichts bemerkt zu haben. Dies führte zu dem Konflikt mit dem Bruder.

Streit mit dem Bruder: Heinrich ein Zivilisationsliterat?

Thomas Mann erklärte den Ausbruch des Krieges aus dem Widerstreit zwischen westlicher Zivilisation und der höheren Ordnung deutscher Kultur heraus, ein Standpunkt, der mit dem Streit der Gebrüder Mann in private Gefilde getragen wurde. Thomas Mann glaubte, in seinem Bruder einen sogenannten Zivilisationsliteraten zu erkennen, der im *Zauberberg* schließlich von Lodovico Settembrini verkörpert wird. Dieser von Thomas Mann beschriebene Zivilisationsliterat vertritt als kritisch-engagierter Schriftsteller die westeuropäischen demokratischen Ideale und hat sich zum Ziel gesetzt, das öffentliche Leben zu demokratisieren und zu politisieren; dadurch jedoch, befürchtete Thomas Mann, werde aber ein geistloser Zustand der Gesellschaft hervorgerufen, der in die Barbarei führe, da der metaphysische Teil des Menschen zugunsten des sozialen und politischen dabei vernachlässigt werde. Dies münde schließlich in eine „Entdeutschung", verstanden als Verlust an deutscher Kultur bei gleichzeitiger Zunahme an von Mann negativ verstandener normierender westlicher „Zivilisation". Thomas Mann zeigte zu diesem Zeitpunkt völliges Desinteresse in Bezug auf Politik und Soziales. Erst in den Jahren zwischen dem Ende des Ersten Weltkrieges und der Machtergreifung der Nationalsozialisten wandelte sich Thomas Mann in dieser Hinsicht; zunächst langsam, dann jedoch mit Entschiedenheit. Er erkannte die von den Nazis ausgehende Gefahr vergleichsweise früh und wurde nicht müde, dies in der Öffentlichkeit zu betonen. Den Höhepunkt seines politischen Engagements bildeten seine Radiosendungen *Deutsche Hörer*, die während des Zweiten Weltkrieges mit Hilfe der BBC monatlich nach Deutschland übertragen wurden.

Gefahr für die westliche Zivilisation?

Thomas Mann warnt vor Nationalsozialismus

### *Joseph und seine Brüder*

Der Romanzyklus *Joseph und seine Brüder* ist das mit Abstand umfangreichste Werk Thomas Manns. Aufgeteilt ist es in die Einzelbände *Die Geschichten Jaakobs* (1933), *Der junge Joseph* (1934), *Joseph in Ägypten* (1936) und *Joseph, der Ernährer* (1943). Der Zeitraum der Entstehung und des Erscheinens der einzelnen Bände erstreckt sich über eine Zeitspanne von über einer Dekade. Große Teile des dritten Bandes entstanden bereits im Exil, in diesem Fall in der Schweiz, wo Thomas Mann von 1933 bis 1936 lebte. Der gesamte vierte Teil entstand von 1940 bis 1942 in den USA, der zweiten und dauerhaftesten Station in der Emigration. Unterbrochen wurde die Arbeit hauptsächlich in den Jahren zwischen 1936 und 1939, in denen Thomas Mann vornehmlich an seinem Roman *Lotte in Weimar* schrieb.

Vier Bände

Eine Anregung für die Bearbeitung des Joseph-Stoffes empfing Thomas Mann durch Johann Wolfgang Goethe. Dieser hatte in seiner Autobiografie *Dichtung und Wahrheit* die Attraktivität des Themas bemerkt. Auch Manns Interesse an Mythen war ein Grund, die Auseinandersetzung mit dieser Thematik zu beginnen.

Anregung durch Goethe

Interesse an Mythen

Die ersten beiden Bände schildern in aller Ausführlichkeit die Lebensgeschichte von Josephs Vater Jaakob, die schließlich im zweiten Band ausgeweitet wird auf die Beschreibung der Kindheit und Jugend Josephs. Die Bände drei und vier schließlich erzählen von Josephs Sklavendienst bei Peteprê (Potiphar) über seine Beschäftigung als Traumdeuter des Pharaos bis hin zur Wiederbegegnung mit seinen Brüdern die Geschichte des erwachsen gewordenen Josephs.

Geschichte aus der Bibel wurde stark erweitert

Die Durchsetzung und Verklammerung der aus der Bibel entnommenen Handlung mit „textkritischen, essayistischen, religionshistorischen, mythenvergleichenden, soziologischen und kommentierend-analytischen Einschüben“[5] ergänzt das biblische Handlungsschema, das ohne diese Einflüsse den voluminösen Umfang des Werkes nicht erreicht hätte. Natürlich trug auch die für Thomas Mann typische „illusionistische( ) Fabulierlust“[6] zum letztendlichen Umfang der Tetralogie bei.

### *Doktor Faustus. Das Leben des deutschen Tonsetzers Adrian Leverkühn, erzählt von einem Freunde*

*Doktor Faustus* ist der letzte große Roman Thomas Manns. Die ersten Skizzen gehen bereits auf das Jahr 1905 zurück, endgültig ausgeführt hat Mann ihn jedoch erst in den Jahren 1943 bis 1947. Zum ersten Mal erschienen ist dieses Werk bereits im Jahr seiner Vollendung.

Adorno

Zwölftonmusik

Eine Besonderheit bei der Entstehung des *Doktor Faustus* ist die Mitwirkung des Musiksoziologen und Philosophen Theodor W. Adorno, der den Autor in die Konzeption der Zwölftonmusik Arnold Schönbergs einführte und seine eigene *Dialektik der Aufklärung* in das Werk einbrachte.

Der Teufelspakt

Eine bedeutende Funktion innerhalb des Romans wird dem Erzähler zugewiesen. Bereits der Untertitel des Romans weist auf ihn hin. Dr. phil. Serenus Zeitblom, so sein Name, erzählt die Lebensgeschichte seines Freundes, des Komponisten Adrian Leverkühn, der in einer scheinbar ausweglosen Kulturkrise einen Pakt mit dem Teufel eingeht. Der *Doktor Faustus* führt also noch einmal zurück

---

5 Jens (Hrsg.), S. 77.
6 Ebd.

auf die Künstlerproblematik der frühen Werke, dennoch kann das Werk nicht per se als Künstlerroman verstanden werden. Die Gattungsbezeichnungen, die für das Verständnis des *Doktor Faustus* herangezogen wurden, reichen von Deutungen, die das Werk als Künstlerroman, Faustroman oder als Zeitroman sehen, bis hin zu Lesarten als Deutschlandroman, der bevorzugten Deutungsmethode nach der ersten Publikation des Werkes in Deutschland.

Künstlerroman? Deutschlandroman?

# 3. TEXTANALYSE UND -INTERPRETATION

## 3.1 Entstehung und Quellen

ZUSAMMEN-FASSUNG

| | |
|---|---|
| 1912 | Thomas Mann wird durch einen Sanatoriumsaufenthalt seiner Frau zum ***Zauberberg*** inspiriert. |
| 1914 | Der Erste Weltkrieg bricht aus. |
| 1915 | Vorübergehender Abbruch der Arbeit, um sich anderen Projekten zu widmen (beispielsweise den ***Betrachtungen eines Unpolitischen***, dem ***Gesang vom Kindchen***) |
| 1919 | Wiederaufnahme der Arbeit (der dem Roman vorangestellte *Vorsatz* entsteht) |
| 1920 | Abdruck des ersten Kapitels in der *Neuen Zürcher Zeitung* |
| 1924 | Im November des Jahres erscheint die erste Auflage im S. Fischer Verlag. |

Lange Entstehungszeit

Die Entstehungszeit des Romans *Der Zauberberg* umfasst von den ersten Skizzen des Jahres 1913 bis zur Fertigstellung 1924 ziemlich genau elf Jahre. Katia Mann, die Frau des Autors, verbrachte sechs Monate des Jahres 1912 in einem Lungensanatorium im schweizerischen Davos, um eine Erkrankung ihrer Lunge zu kurieren. Von dort schrieb sie ihm viele – leider nicht mehr erhaltene – Briefe, in denen sie vom Alltag dort berichtete. Thomas Mann besuchte sie in den Monaten Mai und Juni für drei Wochen in der Heilanstalt. So gewann Thomas Mann unmittelbare Eindrücke und Anregungen zum *Zauberberg* also vor Ort, am Schauplatz des späteren Romangeschehens, nachdem er zuvor schon vieles mittelbar

Sanatorium in Davos

von seiner Frau erfahren hatte. Einen Rat der Ärzte des Sanatoriums an Thomas Mann, auch er solle sich aufgrund eines Lungenwegkatarrhs einer halbjährigen Kur unterziehen, lehnte er ab.

Zunächst als Novelle geplant

Zunächst entworfen als kurze Novelle, als ein „humoristische(s) Gegenstück zum *Tod in Venedig*“ [7], weitete sich „die etwas ausgedehnte short story“ [8] im Laufe der Jahre der Entstehung zu einem zweibändigen Monumentalwerk von 1200 Seiten der Erstausgabe aus.

Zwei Arbeitsperioden

Die effektive Arbeitszeit am Buch nahm jedoch nicht die gesamten elf Jahre der Entstehungszeit in Anspruch, sondern sieben Jahre, aufgeteilt in zwei große Arbeitsperioden. Unterbrochen wurde die erste Arbeitsperiode 1915–1919 durch den Ersten Weltkrieg. Im Herbst 1915 war die Arbeit am Roman bis zum Abschnitt *Hippe* gediehen, die ersten Tage des Aufenthalts Hans Castorps im Sanatorium waren erzählt. In einem Brief an Paul Amann vom 3. August 1915 schrieb Thomas Mann bereits einiges zur Grundkonzeption des Werkes. *Der Zauberberg* sei

Auseinandersetzung mit der verführerischen Macht des Todes

> „eine Geschichte mit pädagogisch-politischen Grundabsichten, worin ein junger Mensch sich mit der verführerischsten Macht, dem Tode, auseinander zu setzen hat und auf komisch-schauerliche Art durch die geistigen Gegensätze von Humanität und Romantik, Fortschritt und Reaktion, Gesundheit und Krankheit geführt wird, aber mehr orientierend und der Wissenschaft halber, als entscheidend. Der Geist des Ganzen ist humoristisch-nihilistisch, und eher schwankt die Tendenz nach der Seite der Sympathie mit dem Tode ... etwas vom Zwerg Nase, dem sieben Jahre wie Tage vergehen, ist darin, und der

---

7 Schröter, S. 99.
8 Ebd.

Schluss, die Auflösung – ich sehe keine andere Möglichkeit als den Kriegsausbruch. Man kann als Erzähler diese Wirklichkeit nicht ignorieren, und ich glaube ein Recht auf sie zu haben, da das Vorgefühl davon in allen meinen Konzeptionen war.“ [9]

Keine Arbeit am *Zauberberg* im Ersten Weltkrieg

Nun aber, mit Beginn des Ersten Weltkrieges, war nicht weltabgewandtes Arbeiten an einem vom Autor selbst erdachten Stoff gefragt, sondern essayistisches Schreiben, orientiert an den aktuellen Ereignissen, die die Welt bewegten. Mann begann, diesen Krieg in Schriften wie *Gedanken im Kriege, Friedrich und die große Koalition. Ein Abriss für den Tag und die Stunde* sowie dem Hauptwerk dieser Jahre, den im Jahre 1918 erschienenen *Betrachtungen eines Unpolitischen*, nationalistisch zu rechtfertigen; kurz gesagt: Seine Kriegsbegeisterung war es, die ihn in diesen Jahren zur Erarbeitung dieser Art von Schriften antrieb.

Da er keinen Kriegsdienst leisten musste, waren ihm diese reaktionären Arbeiten der Kriegsjahre ein willkommener Ersatz für den Kampf mit der Waffe.

Arbeit an anderen Werken

Nach Beendigung der *Betrachtungen* (1918) widmete sich Mann zwei kleineren Werken. Diese beiden Zwischenstücke waren das Idyll *Herr und Hund* sowie der *Gesang vom Kindchen.*

Nach der Wiederaufnahme der Arbeit am *Zauberberg* im Frühjahr 1919 brachte Mann das schon begonnene vierte Kapitel zu Ende. Dieses endet mit dem Ausbruch der Erkrankung Castorps und mit dessen Entscheidung, bis zur Genesung im Sanatorium zu bleiben. In dieser Zeit entstand auch der dem Roman vorangestellte *Vorsatz*. Im Mai 1920, bis zur endgültigen Fertigstellung des Romans sollte es noch vier Jahre dauern, wurde das erste Kapitel in der *Neuen Zürcher Zeitung* abgedruckt. Dieser ersten Veröffent-

9 Brief Thomas Manns an Paul Amann vom 3. August 1915. Zitiert nach: Hofmann, S. 115 f.

lichung war eine Ankündigung beigefügt, nach welcher der Roman bereits im selben Jahr in Buchform erhältlich sein solle.[10] Allein dieses Beispiel zeigt, dass Thomas Mann die Arbeitszeit am Roman immer wieder unterschätzte.

Arbeitszeit unterschätzt

Als Thomas Mann die Arbeit am *Zauberberg* im Juni 1921 für die Ausarbeitung eines Vortrages mit dem Titel *Goethe und Tolstoi* unterbrach, war das Werk gerade einmal bis zum Abschnitt *Walpurgisnacht* fertiggestellt, die Hälfte des Romans war vollendet.

Schon während der Entstehungszeit des *Zauberbergs* las Thomas Mann gelegentlich einzelne Abschnitte auf seinen öffentlichen Lesungen vor.

Mann liest aus dem Roman vor

Die Absicht des Autors, den Roman im Winter 1921/1922 zu vollenden, konnte nicht in die Tat umgesetzt werden. Dennoch kündigte der S. Fischer Verlag den Roman auch im Dezember 1922 wieder an.[11]

Der Abschnitt *Schnee*, einer der Hauptabschnitte des Werkes, war im Juni 1923 beendet, die ersten Kapitel des Romans wurden gegen Ende des Jahres bereits in Druck gegeben. Die Vollendung des Werkes sollte jedoch noch einen Großteil des Jahres 1924 in Anspruch nehmen. Für Oktober des Jahres geplant, konnte der Dichter das „FINIS OPERIS“ (S. 984) jedoch bereits am 28. September 1924 unter sein Werk setzen. Dieses so lang herbeigesehnte Ereignis wurde noch am selben Abend mit Champagner begossen. Bereits im November des Jahres erschien das Werk in zwei Bänden im Berliner S. Fischer Verlag.[12]

FINIS OPERIS

---

10 Sauereßig, S. 13.
11 Ebd., S. 19 f.
12 Ebd., S. 23.

## 3.2 Inhaltsangabe

ZUSAMMEN-FASSUNG

Der Roman schildert den siebenjährigen Aufenthalt des zu Beginn der Handlung 23-jährigen Patriziersohnes Hans Castorp. Der ursprünglich für gerade einmal drei Wochen geplante Besuch seines Vetters Joachim Ziemßen im Sanatorium Berghof entwickelt sich für den jungen Helden zu einer geradezu existentiellen Erfahrung, die ihn mit nahezu allen großen Themen der Menschheit wie Philosophie, Politik, Liebe, Krankheit und Tod in Berührung bringt. Der Roman endet mit Ausbruch des Ersten Weltkriegs. Der Erzähler lässt den Leser darüber im Unklaren, wie es von diesem Augenblick an mit Castorps Leben weitergeht, und ob er diese bis dato größte menschliche Katastrophe überhaupt überleben wird.

An dieser Stelle sei darauf hingewiesen, dass die Handlung des Buches, die sich auf ca. 1000 Seiten erstreckt, hier nur unzureichend zusammengefasst werden kann. Hinzu kommt die Schwierigkeit, dass bezüglich der Länge die einzelnen Kapitel erhebliche Unterschiede aufweisen. Während das erste Kapitel mit seinen rund 15 Seiten noch überschaubar gehalten ist, hat es der Leser bei dem siebten Kapitel hingegen mit einem Riesenkapitel von fast 250 Seiten zu tun.

### Vorsatz

Die Geschichte des Hans Castorp

Der **Vorsatz** liefert dem Rezipienten wesentliche Informationen über die darauffolgende Handlung. Der Erzähler teilt dem Leser mit, dass der Held der Geschichte ein junger Mann namens Hans Castorp sei. Er bereitet den Leser darauf vor, dass die Geschehnisse um Hans Castorp nicht auf schnelle Weise abgehandelt werden können: „Im Handumdrehen also wird der Erzähler mit Hansens Geschichte nicht fertig werden.“ (S. 10) Der Erzähler macht deutlich, dass die Geschichte kurzweilig, also unterhaltsam geschildert werden wird und zudem „genau und gründlich“ (ebd.), denn der Umfang eines Werkes hat seiner Meinung nach keinen Einfluss auf den Unterhaltungswert, denn „nur das Gründliche (sei) wahrhaft unterhaltend“ (ebd.).

Christoph Eichhorn in der Rolle des Hans Castorp. Szene aus der Verfilmung von Hans W. Geissendörfer 1981 © ullstein bild/ pwe Verlag

**Erstes Kapitel**

Der 23 Jahre junge Patriziersohn Hans Castorp begibt sich nach seinem Ingenieursexamen in das schweizerische Davos. Mit seiner für drei Wochen geplanten Reise verfolgt er einerseits den Zweck, sich von seinen Studien zu erholen, bevor er bei der Werft Tunder & Wilms seine Arbeitsstelle als „Ingenieur-Volontär“ (S. 55) antritt, andererseits will er seinen lungenerkrankten Cousin Joachim Ziemßen besuchen.

Erste Begegnungen

Nachdem Hans am Bahnsteig von Joachim in Empfang genommen worden ist, begeben sie sich in einem Wagen zum eigentlichen Zielpunkt, dem Internationalen Sanatorium ‚Berghof‘. Dort angekommen, wird Hans das Zimmer mit der Nummer 34 zugewiesen, in dem vorgestern eine Patientin gestorben ist. Im hauseigenen Restaurant nehmen sie noch ein Abendessen zu sich. Nach dem Essen begegnen Hans und Joachim Dr. Krokowski, der sich nach Castorps Befinden erkundigt. Bald nach dieser Begegnung entschließen sich die Vettern, auf ihre Zimmer zu gehen.

> „Hans Castorp machte nur flüchtige Nachttoilette. Der Schlaf übermannte ihn … Aber sobald er eingeschlafen war, begann er zu träumen und träumte fast unaufhörlich bis zum anderen Morgen.“ (S. 30 f.)

## Zweites Kapitel

Hans Castorps Kindheit

In einer Rückblende wird Castorps Kindheit geschildert. Hans Castorps Eltern sind früh gestorben. „Sie starben weg in der kurzen Frist zwischen seinem fünften und siebenten Lebensjahr, zuerst die Mutter … infolge … einer Embolie“ (S. 32), der Vater „holte … sich bei einer Speicherinspektion am windigen Hafen die Lungenentzündung“ (S. 32), an der er wenige Tage später verschied.

Familiäre Wurzeln

Nach dem Tod des Vaters übernimmt der Großvater, Senator Hans Lorenz Castorp, die erzieherischen Aufgaben für die nächsten „anderthalb Jahre“ (S. 33). Nach seinem Tod erhält Hans erneut einen neuen Vormund.

> „Konsul Tienappel, ein Onkel von Hansens seliger Mutter, verwaltete die Castorp'sche Hinterlassenschaft, er brachte die Immobilien zum Verkauf, nahm auch die Liquidation der Firma Castorp & Sohn, Import und Export, in die Hand, und was er herausschlug, waren noch ungefähr vierhunderttausend Mark, Hans Castorps Erbe.“ (S. 45)

Wohlbehütete Umgebung

Studium zum Schiffsbauingenieur

Bei der Familie seines Großonkels Tienappel wächst Hans in wohlbehüteter Umgebung auf. Er genießt sein Leben. Die Atmosphäre Hamburgs mit seinen Häfen und Werften begünstigt seine Entscheidung für das Studium zum Schiffsbauingenieur. – Bereits im Hause der Tienappels pflegt Hans seinen Kontakt zu Joachim, der aufgrund einer Lungenerkrankung in das Davoser Sanatorium abreisen musste und sich dort seit fünf Monaten befindet, als Hans ihn besucht.

## Drittes Kapitel

Der Morgen nach seiner Anreise beginnt für Hans mit einer gründlichen Morgentoilette, der sich ein Frühstück mit Joachim anschließt. Im Speisesaal befinden sich sieben Tische: „Es waren größere Tafeln, für zehn Personen jede, wenn auch die Gedecke nicht überall vollzählig waren." (S. 63) Ganz besonders wird von Joachim darauf hingewiesen, dass es einen „Guten" (ebd.) und einen „Schlechten Russentisch" (ebd.) gibt. Des Weiteren bemerkt er: „Es ist überhaupt nicht leicht, Bekanntschaften zu machen, schon weil so viele Ausländer unter den Gästen sind." (ebd.) Von den Namen der Tischgenossen bleibt Hans einzig der von Frau Stöhr im Gedächtnis, von der ihm Joachim erzählt hat, dass sie mit Vorliebe Fremdwörter falsch verwende (vgl. S. 27). Das Frühstücksbuffet erweist sich als reichhaltig, im Gegensatz zu den Gesprächen bei Tisch, die eher verhalten geführt werden. Joachim wechselt einige Worte mit Frau Stöhr; Hans hingegen „fragte nacheinander die Nähterin und Frau Stöhr, wie lange sie schon hier oben seien" (S. 66). Während sich Hans über eine laut zufallende Tür ärgert, informiert sich Joachim über den Verbleib der Ärzte, da er seinen Vetter mit ihnen bekannt machen will.

Tischgenossen

Eine laut zufallendeTür

Im Begriff, den Speisesaal zu verlassen, begegnen die Vettern Hofrat Behrens und Dr. Krokowski. Es kommt zu einem kurzen Gespräch zwischen den vieren. Der Hofrat mahnt Joachim zur Gewissenhaftigkeit beim Messen und Notieren seiner Körpertemperatur, Hans empfiehlt er, sich ebenfalls den Behandlungen und Messungen zu unterziehen, da Hans „total anämisch" (S. 69) sei.

Ist Hans Castorp krank?

Im Anschluss an das Treffen mit den Ärzten begeben sich Hans und Joachim auf einen Spaziergang, bei dem sie ein Gespräch über das Rauchen führen, dem ‚Verein Halbe Lunge' und dem Italiener und Literaten Lodovico Settembrini begegnen, den Joachim mit Hans bekannt macht. Settembrini erweist sich sofort

Settembrini

als pädagogisch ambitioniert und klärt Hans über die auf dem Berg geltenden Zeiteinheiten auf: „Wir kennen das Wochenmaß nicht … wenn ich Sie belehren darf. Unsere kleinste Zeiteinheit ist der Monat." (S. 84) Des Weiteren lästert er über die Ärzte in Davos im Allgemeinen und über die des Sanatoriums ‚Berghof' im Besonderen.

Ein „Lästerer"

Zurück im Sanatorium, nimmt Joachim die alltägliche Temperaturmessung vor und begibt sich in die Liegekur, wobei ihm Hans Gesellschaft leistet.

Beim Mittagessen wiederholt sich das Hans schon vom Frühstück bekannte heftige Zuschlagen der Tür zum Speisesaal, wobei er jetzt wahrnimmt, dass eine junge Frau für das Gepolter verantwortlich ist: „Sie ging ohne Laut, was zu dem Lärm ihres Eintritts in wunderlichem Gegensatz stand." (S. 109) Fräulein Engelhart erwähnt gegenüber Hans, dass es sich bei der jungen Frau um die Russin Madame Chauchat handele. Nach dem Mittagessen nimmt er wieder an der Liegekur teil; „als er sein Taschentuch benutzte, fand er es von Blut gerötet" (S. 111).

Clawdia Chauchat

Bereits nach dem ersten Tag im Sanatorium bemerkt Hans gegenüber Joachim, dass er vielleicht schon bald wieder abreisen werde, da er sich in der Heilanstalt unwohl fühle.

Hans fühlt sich noch unwohl im Sanatorium

Nach dem Abendessen begleitet Hans Joachim auf sein Zimmer und beobachtet den Vetter bei dessen Vorbereitungen auf die Liegekur. Hans verweigert sich diesmal dieser Prozedur, um zu demonstrieren, dass er im Unterschied zu den anderen nur Besucher und nicht Patient ist. Er begibt sich auf sein Zimmer, hält die übliche Abendtoilette ab und legt sich mit der festen Erwartung, schnell einzuschlafen, ins Bett. Erst nach langer Zeit des Grübelns findet er in einen wirren Schlaf.

## Viertes Kapitel

Der dritte Tag im Sanatorium bringt einen enormen Wetterumschwung mit sich. Bedingt durch die veränderten Witterungsverhältnisse entschließt sich Hans, in das Dorf hinunterzugehen, „um sich Decken für die Liegekur zu besorgen … Gleich heute Nachmittag wollte Hans Castorp sie zum erstenmal in Gebrauch nehmen." (S. 133 f.)

Insgesamt fühlt sich Hans jetzt wohl im Sanatorium, was er in einem Gespräch mit Joachim bemerkt: „Selbstverständlich kann keine Rede davon sein, dass ich mich langweile, im Gegenteil, ich kann wohl sagen, ich amüsiere mich königlich." (S. 147)

Eine willkommene Abwechslung zu dem ansonsten einförmigen Alltag bilden die Kurmusik jeden zweiten Sonntag und die jeden zweiten Montag stattfindenden Vorträge des Dr. Krokowski. Nach einem Spaziergang in der Umgebung zu spät im Vortragssaal angekommen, in dem der Vortrag Krokowskis stattfindet, bemerkt Hans, dass Clawdia auf dem Platz vor ihm sitzt. In dieser Situation fühlt sich Hans wieder an seinen früheren Mitschüler Hippe erinnert, an den er bereits während des Spazierganges dachte: Als Dreizehnjähriger fühlte sich Hans zu Hippe hingezogen, der Höhepunkt ihres Bekanntseins erschöpfte sich jedoch darin, dass sich Hans von ihm einen Bleistift borgte – und Clawdia erinnert ihn an Hippe. Hans fällt es schwer, der Rede von Dr. Krokowski über „die Macht der Liebe" (S. 176) zu folgen, die, wenn sie unterdrückt werde, „in Gestalt der Krankheit" (S. 179) wiedererscheine. Zum Schluss macht Dr. Krokowski noch Werbung für die Psychoanalyse. Nach Beendigung des Vortrages sprechen die beiden Vettern nicht weiter über Krokowskis Ausführungen.

Marie-France Pisier in der Rolle der Clawdia Chauchat. Szene aus der Verfilmung von Hans W. Geissendörfer 1981 © Cinetext

Eine Woche ist vorbei

„Am Dienstag war unser Held nun also seit einer Woche bei denen hier oben, und so fand er ... in seinem Zimmer die Rechnung vor, seine erste Wochenrechnung," (S. 182) die er in der Verwaltung begleicht.

Bei den Tischgesprächen zwischen Fräulein Engelhart und Hans Castorp ist das dominierende Thema nun die Russin Clawdia Chauchat. Die beiden Gesprächspartner tauschen ihr Wissen über Clawdia aus, spekulieren über ihre Person und ihre Lebensverhältnisse. Die gemeinsamen Mahlzeiten bilden den Höhepunkt des Tages für Hans. Er „brauchte nur an Frau Chauchat zu denken – und er dachte an sie –, so besaß er zum Herzklopfen das zugehörige Gefühl" (S. 196). Hans hat sich in die junge Russin verliebt.

Hans liebt Clawdia Chauchat

Hans' Abreisetermin rückt näher. Gegenüber Joachim äußert er, dass er während seiner Besuchszeit viele „neuartige Eindrücke" (S. 227) sammeln konnte, die „anstrengend für den Geist und den Körper" (ebd.) wären, so dass er sich wohl doch nicht wie geplant erholt hätte. Außerdem werde manchmal „immer noch (s)ein Taschentuch rot" (ebd.), wenn er es verwende.

Reist Hans Castorp ab?

Schließlich wird klar, dass die Abfahrt nicht wie geplant stattfinden kann, da Hans sich eine Erkältung zugezogen hat. Er erwirbt ein Thermometer aus Händen der Oberin von Mylendonk. Von Hofrat Behrens erhält er den Rat, seinen Aufenthalt im Sanatorium zu verlängern:

Erkrankung

> „Wie aber die Dinge liegen und weiterhin noch der Befund ist, und wo Sie nun einmal hier bei uns sind, – so lohnt es die Heimreise nicht, Hans Castorp, – in kurzem müssten Sie doch wieder antreten." (S. 252)

Behrens sagt ihm auch, er müsse sich auf einen längeren Aufenthalt einstellen, „ein Fall wie Ihrer heilt nicht von heute bis übermorgen“ (S. 253), und bescheinigt ihm „Talent zum Kranksein“ (ebd.).

„Talent zum Kranksein“ (S. 253)

**Fünftes Kapitel**

Hans wird Bettruhe verordnet. Joachim fühlt sich in gewissem Sinne für den Ausbruch der Krankheit verantwortlich. Neben Joachim empfängt Hans während seiner Bettruhe auch Settembrini auf seinem Zimmer, der ihn davor warnt, hier oben dem Leben verloren zu gehen (vgl. S. 276), das Sanatorium als „Heimat“ zu empfinden (ebd.) und den Ärzten allzu sehr zu vertrauen. Er führt ihm auch drei Negativ-Beispiele vor Augen (vgl. S. 271 f., 273, 276). Am Ende ihres Gesprächs vergewissert er sich, dass er auf Hans auch weiterhin „berichtigend“ einwirken dürfe, „wenn die Gefahr verderblicher Fixierungen droht“ (S. 279). – Nach drei Wochen wird Hans von Hofrat Behrens, allerdings erst, nachdem er ihn daran erinnert hat, erlaubt, wieder aufzustehen.

Settembrini warnt

Gemeinsam mit Fräulein Engelhart, die er über Clawdia ausfragt, spekuliert Hans bei Tisch über das Alter Clawdias: „Ob sie wohl über dreißig sei? – Fräulein Engelhart widersprach heftig. Clawdia dreißig? Allerschlimmstenfalls sei sie achtundzwanzig.“ (S. 288 f.) Zudem erfährt er, dass der Hofrat Clawdia in seiner Privatwohnung porträtiert.

„So vergingen die acht Tage bis zu Hans Castorps Durchleuchtung.“ (S. 292) Während Hans und Joachim im Warteraum des Durchleuchtungslaboratoriums auf ihre Untersuchung warten, betritt Clawdia Chauchat das Zimmer. Es folgt eine kurze Unterhaltung Clawdias mit Joachim; Clawdias Stimme erinnert Hans wieder an Hippe (vgl. S. 294). „Das Beisammensein zu dritt in dem Wartezimmerchen währte nicht lange.“ (S. 297) Hans und Joachim

Hans Castorps „Durchleuchtung“

werden in den Untersuchungsraum gebeten; zunächst folgt die Untersuchung Joachims, danach wird Hans durchleuchtet. Bei der anschließenden Betrachtung der Aufnahmen des Körperinneren bestätigt sich, was zuvor schon von Hofrat Behrens vermutet worden war: Hans ist – laut Aussage des Hofrates – ernsthaft an der Lunge erkrankt.

Diagnose: Lungenkrankheit

Ende September mahnt Settembrini Hans erneut: Mit den Worten: „Hüten Sie sich überhaupt vor dieser geistigen Haltung!" (S. 306) warnt der Italiener den jungen Castorp vor einer allzu intensiven Hingabe an das im Sanatorium übliche „Lotterleben"; Hofrat Behrens bezeichnet er als „Teufelsknecht" (S. 309).

Warnung vor Lotterleben

In einer der Liegekuren entschließt sich Hans, einen Brief an seinen Onkel James Tienappel, Sohn von Castorps Großonkel Tienappel, zu schreiben, in dem er seine Familienangehörigen über seinen augenblicklichen Gesundheitszustand aufklären will.

> „Was die voraussichtliche Dauer der Kur betreffe, so möge man sich nicht wundern, dass er sich wahrscheinlich den Winter werde um die Ohren schlagen müssen und kaum früher als Joachim in die Ebene werde zurückkehren können." (S. 311)

„Befestigte Freiheit"

Der Brief „befestigte Hans Castorps Freiheit" (S. 312).

Der Oktober bringt noch einmal einige Sonnentage. Außerdem genießt Hans seine Verliebtheit: „Schlicht gesagt, war unser Reisender nun also über beide Ohren in Clawdia Chauchat verliebt." (S. 318) Auch die anderen Patienten bemerken dies: Man „blickte … auf ihn" (S. 330).

Während dessen hat sich für Settembrini eine neue Aufgabe ergeben. Brieflich wurde er um die Mitarbeit an einer Enzyklopädie mit dem Titel *Soziologie der Leiden* gebeten. Er macht Hans darauf aufmerksam, dass er seine literarische Arbeit an diesem Werk

Soziologie der Leiden

ohne Weiteres im Sanatorium durchführen könne. Hans hingegen sei gezwungen, den ‚Berghof' zu verlassen, da seine praktische Tätigkeit als Ingenieur nur vor Ort zu leisten sei. Er drängt Hans erneut zur Abreise und empfiehlt ihm sogar, seine von Behrens diagnostizierte Krankheit zu ignorieren, er übernehme die Verantwortung dafür (vgl. S. 343).

Settembrini drängt zur Abreise

Eines Tages treffen die Vettern im Garten auf Hofrat Behrens. Nach einem kurzen Gespräch über das Rauchen (das der Hofrat seinen lungenkranken Patienten interessanterweise nicht verbietet) lenkt Hans die Unterhaltung auf die Malerei des Arztes. Er interessiert sich scheinbar für dessen Bilder und lässt ihn wissen, dass er diese Bilder gern sehen möchte. „‚Aber gern!', rief [der Hofrat]. ‚Aber mit dem allergrößten Pläsier! Aber gleich auf der Stelle, wenn's Ihnen Spaß macht!'" (S. 352) Schnell entdeckt Hans das Porträt von Clawdia, welches er unverzüglich umhängen möchte, damit es besser zur Geltung kommt. Hans ist sofort klar, dass Behrens kein guter Maler ist. Aufgrund seiner medizinischen Kenntnisse versteht er sich jedoch auf das Malen der Hautpartien, woraufhin sich ein Gespräch über das Wesen der Haut und weitere medizinische Themen anschließt. Nachdem Behrens die ausladende Unterhaltung beendet hat, drängt Joachim zur Liegekur.

Clawdias Porträt

Der Winter zieht herauf und ist sogleich – neben Weihnachten – das wichtigste Thema unter den am Tisch versammelten Patienten. Trotz der Kälte liegt Hans bis spät in der Nacht in seiner Balkonloge zur Liegekur. Währenddessen macht eine interessante Lektüre mit dem Titel *Die Kunst, zu verführen* auf dem ‚Berghof' die Runde. Auch Hans Castorp verbringt die ersten Wintertage mit ausführlicher Lesetätigkeit. Insbesondere Bücher mit medizinischer Thematik interessieren ihn jetzt. „Was war das Leben?" (S. 379 f.), diese Frage stellt Hans sich nun.

„Was war das Leben?" (S. 379 f.)

Weihnachten

Das Weihnachtsfest begehen die Patienten gemeinsam mit einem geselligen Abend, bei dem Geschenke an den Hofrat überreicht werden. Der Abend wird abgerundet durch eine musikalische Darbietung.

Nach den Weihnachtsfeiertagen stirbt der sogenannte Herrenreiter, ein österreichischer Aristokrat, der Hans wegen seines unheimlich klingenden Hustens bereits am Tage seiner Ankunft aufgefallen war (vgl. S. 23). Geprägt durch dieses Ereignis des Todes und aus „verschlungene(n) Motive(n)“ (S. 409) heraus will sich Hans in Zukunft um die Todkranken im Sanatorium kümmern. Er nimmt sich ihrer an, indem er ihnen Blumen schickt und sie besucht, obwohl dies „gegen die Hausordnung“ (S. 408) ist. Allmählich gelangen Hans und Joachim, den er auf seine Besuche mitnimmt, „in den Ruf von Samaritern und Barmherzigen Brüdern“ (S. 425).

Die Samariter

Fastnacht

Mittlerweile steht Fastnacht an. Hans befindet sich nun seit sieben Monaten in der Heilanstalt. In Erwartung der Verkleidungen seiner Mitpatienten bemerkt Hans, dass Clawdia ein neues Kleid trägt, von dem er überwältigt ist. Bevor es zur Annäherung mit ihr kommt, muss sich Hans jedoch von Settembrini vor ihr warnen lassen (sie sei „Lilith“, S. 452) und sich mit ihm über das für die Fastnacht eingeführte „Du“ (S. 452) auseinandersetzen. Der Italiener ist entschieden gegen die persönlichere Anrede.

„Vergessen Sie nicht, mir meinen Bleistift zurückzugeben.“

Auf dem Fest nutzt Hans die Gelegenheit, Clawdia anzusprechen; er bittet sie – wie damals Hippe (vgl. S. 171) – um einen Bleistift (vgl. S. 458). Nach dem Fastnachtsfest kommt es zwischen Clawdia und Hans zu einer Liebesnacht, die allerdings nur symbolisch durch die Rückgabe des Bleistifts angedeutet wird („N'oubliez pas de me rendre mon crayon.“; S. 473). Am darauffolgenden Tag reist Clawdia wie angekündigt ab.

### Sechstes Kapitel

Joachim trägt sich mit dem Wunsch, das Sanatorium zu verlassen. Er möchte seinen Traum wahr machen und Soldat werden. Zudem zweifelt Joachim an den medizinischen Fähigkeiten der Ärzte, indem er vor allem den Ergebnissen der Messinstrumente misstraut. Für ihn steht fest: „Ich mache Schluss, ich reise nach Hause, und wenn es mein Tod ist!" (S. 476)

Vetter Joachim möchte als Soldat dienen

Hans lassen die Geschehnisse der Fastnacht und die Abreise Clawdias nicht los. Was ihm bleibt, ist die vage Versicherung ihrer Rückkehr (vgl. S. 466, 478) sowie ein Erinnerungsstück in Form einer auf Glas manifestierten medizinischen Innenaufnahme des Körpers von Clawdia.

Bei einer Untersuchung stellt der Hofrat fest, dass sich der Gesundheitszustand von Hans wesentlich verschlechtert hat. Behrens rät Hans zu einer drei- bis viermonatigen Therapie, bei der er dem Patienten zweimal in der Woche Injektionen verabreichen will. Ein im Anschluss an eine Injektion stattfindendes Gespräch, das Hans auf Clawdia lenken möchte, beginnt und endet mit einer Ermahnung des Arztes an Hans, er möge seinem Vetter gut zureden, den Aufenthalt nicht abzubrechen (vgl. S. 483/486).

Injektionen

Nach wochenlangem Stillschweigen haben Settembrini und Hans ihre Differenzen, die seit der Fastnacht im Raume standen, beigelegt. Am Ostersonntag teilt der Humanist Hans und Joachim während eines Gesprächs mit, dass er den ‚Berghof' verlassen werde, da für ihn keine Heilung mehr möglich sei. Im nächstgelegenen Ort bezieht Settembrini sein Quartier. – Mittlerweile unterzieht sich Hans, wie Joachim zufällig entdeckt, bei Dr. Krokowski einer Analyse.

Hans und Settembrini versöhnen sich

Im Sommer treffen sie Settembrini wieder und lernen Naphta kennen, den Mitbewohner des Italieners. Naphta ist „Professor der alten Sprachen … Sein Schicksal sei dem … Settembrini's … gleich"

Naphta

(S. 515); Settembrini sieht Naphta als intellektuell ebenbürtigen Diskussionspartner an. Immer wieder kommt es zu intensiven Streitgesprächen zwischen Naphta und Settembrini, denen die Cousins beiwohnen. Meistens begnügen sich die Vettern damit, den Diskussionen im Stillen zu folgen.

Streitgespräche

Aus dem ursprünglichen geplanten Vierteljahr von Joachims Behandlungszeit sind anderthalb Jahre geworden (vgl. S. 572). Bei einer der Untersuchungen teilt Joachim dem Hofrat mit, dass er die Behandlung auf eigenes Risiko abbrechen und sich zurück in das Flachland und somit in den schon lang ersehnten Militärdienst begeben möchte. Nun, da Joachim so bestimmt auftritt, erklärt Behrens entgegen seiner vorherigen Aussage, dass eine vollständige Heilung auch ohne weitere Behandlung nicht ausgeschlossen sei (vgl. S. 573). Hans dagegen will nur abreisen, wenn Hofrat Behrens seine Zustimmung dazu gibt. In einem Anfall von Jähzorn erklärt der Hofrat Castorp für gesund (vgl. S. 574). Hans dagegen erscheint die Abreise unmöglich, „weil er auf Clawdia Chauchat warten musste“ (S. 577). Deshalb erklärt er Behrens, „er erlaube sich, auf des Hofrats frühere vielfältige Ermahnungen, seinen Fall hier gründlich auszuheilen“ (S. 578).

Joachim geht, Hans bleibt

Kurz nach Joachims Abreise bekommt Hans, der sich mittlerweile seit fünfzehn Monaten auf dem ‚Berghof‘ befindet, Besuch von seinem Onkel Konsul James Tienappel, der sich für eine Woche einmietet und Hans eigentlich mit nach Hause nehmen möchte. Sofort bei der ersten Begegnung mit Behrens spielt sich fast die gleiche Szene wie bei Hans’ Ankunft ab (vgl. S. 69): Der Hofrat diagnostiziert, dass Tienappel „total anämisch“ (S. 594) sei und an den Behandlungen teilnehmen solle. Bei einem Gespräch mit Behrens möchte der Konsul in Erfahrung bringen, ob eine baldige Rückkehr seines Neffen in das Flachland in Aussicht gestellt werden könnte – diese jedoch steht anscheinend nicht zur Debatte.

Der Onkel kommt

Konsul Tienappel entschließt sich daraufhin, allein den Weg in die Heimat anzutreten, und verschwindet, ohne Hans zu informieren, „als müsse er die Entschlusskraft eines Augenblicks wahrnehmen … heilfroh, auch nur allein davonzukommen“ (S. 601).

Besuche bei Naphta

Hans besucht Leo Naphta des Öfteren und erfährt viel aus seinem Leben; auch wohnt er weiteren Disputen zwischen Naphta und Settembrini bei, die sich „pädagogisch um [Hans'] Seele“ raufen „wie Gott und Teufel um den Menschen im Mittelalter“ (S. 654). Mittlerweile ist der Winter wieder eingekehrt. „So beschloss Hans Castorp eines Tages, in diesem seinem zweiten Winter hier oben, sich Schneeschuhe [Skier] zu kaufen und ihren Gebrauch zu erlernen, soweit sein sachliches Bedürfnis es eben erforderte.“ (S. 647) Bald gelangt er zu ausreichender Sicherheit im Gebrauch dieser und zu der Entscheidung, mit ihnen in höhere Ebenen zu fahren. Bei seiner Tour gerät Hans in einen Schneesturm und verliert die Orientierung. Er entdeckt eine kleine Hütte, unter deren Vordach er Schutz sucht, bis das Unwetter vorbei ist. Hier erlebt er einen Fiebertraum, der paradiesisch beginnt, an dessen Ende jedoch zwei Hexen ein kleines Kind zerreißen (vgl. S. 676). „Er wollte fliehen und konnte nicht.“ (ebd.)

Schnee

Joachim kehrt zurück

Schließlich kommt Joachim, da sich sein Gesundheitszustand rapide verschlechtert hat, Anfang August zurück in die Heilanstalt. Joachim berichtet, er habe Frau Chauchat getroffen, die im nächsten Winter wahrscheinlich wieder in den ‚Berghof‘ kommen werde (vgl. S. 690). Hofrat Behrens verordnet Joachim zunächst einmal vier Wochen Bettruhe, „die seien nötig, um das Gröbste zu reparieren, zur neuen Akklimatisation und um seinen Wärmehaushalt vorläufig etwas zu regeln“ (S. 691). Die beiden Vettern nehmen ihr gewohntes Beisammensein wieder auf, besuchen auch Naphta und Settembrini regelmäßig, die wie gewohnt im dialektischen Wettstreit liegen.

Joachim stirbt

Joachim leidet an Heiserkeit und Halsbeschwerden; es stellt sich heraus, dass er an fortgeschrittener Kehlkopftuberkulose erkrankt ist und keine Hoffnung auf Heilung besteht (vgl. S. 726). Ab Anfang November muss er dauerhaft das Bett hüten, um Kräfte zu sparen, da er kaum noch schlucken kann. Hinzu kommt eine Herzschwäche. Joachim stirbt „um sieben Uhr" (S. 736) an einem Abend Ende November.

## Siebentes Kapitel

Mynheer Peeperkorn

Als Clawdia zurück in das Sanatorium kommt, wird sie von einem älteren holländischen Herrn namens Mynheer Peeperkorn begleitet, der unter „maligne(m) Tropenfieber" (S. 753) leidet. Bei ersten Gesprächen mit der Russin wahrt Hans Distanz. Er, der zunächst eifersüchtig auf den ihm unbekannten Begleiter ist, mit dem Clawdia eine „gemeinsame Reisekasse" (S. 752) hat, macht es sich zum Vorsatz, ein Freund Peeperkorns zu werden.

Hans sagt Clawdia schließlich, dass er auf sie gewartet habe. Dies ist der Russin nicht recht, daher verlangt sie von ihm, dass er ihr bestätigt, ihn nicht zum Warten aufgefordert zu haben; dennoch ist es Clawdia wichtig, Hans in ihrer Nähe zu wissen. Zudem offenbart sie Hans während ihres Gespräches einige wenige Einblicke in ihr Verhältnis zu Peeperkorn.

„Es graut mir zuweilen ..." (S. 823)

> „Wollen wir Freundschaft halten, ein Bündnis schließen für ihn, wie man sonst gegen jemanden ein Bündnis schließt! ... Mir ist oft bange ... Ich fürchte mich manchmal vor dem Alleinsein mit ihm, dem innerlichen Alleinsein, tu sais ... Er ist beängstigend ... ich fürchte zuweilen, es möchte nicht gut ausgehen mit ihm ... Es graut mir zuweilen ... Ich wüsste gern einen guten Menschen an meiner Seite ... Enfin, wenn du es hören willst, ich bin vielleicht deshalb mit ihm hierher gekommen ..." (S. 822 f.)

Bald darauf besucht Hans den bettlägerigen Peeperkorn; dieser fragt Hans: „Und Sie lieben Madame?“ (S. 829) Peeperkorn glaubt, dass Hans sich aus Ritterlichkeit Clawdia noch nicht genähert habe; Hans ist verwirrt und windet sich zunächst um eine ehrliche Antwort herum. Nachdem aber Peeperkorn insistiert und ihm aufgeht, dass Castorp Clawdias Geliebter beim letzten Aufenthalt war, sagt ihm Hans die Wahrheit. Peeperkorn versteht, dass Hans Clawdia noch liebt, und möchte wissen, ob Clawdia diese Empfindung noch teilt, worauf er zur Antwort erhält: „Ich sage nicht, dass sie sie jemals geteilt hat.“ (S. 836) Auf die Einsicht Peeperkorns, Hans unwissentlich großen Schmerz zugefügt zu haben, erklärt ihm Hans, dass ihm die Freundschaft des Holländers unendlich wichtig sei:

Aus Konkurrenten werden …

> „Meine Worte bezwecken, dass Sie sich nicht beklagen … und mir nicht um früherer Vorkommnisse willen Ihr Wohlwollen entziehen. Darauf kommt es mir an … Es hat mir bedeutend zu schaffen gemacht und tut es auch heute noch, das leugne ich nicht, und ich habe mich absichtlich nach Kräften an die positive Seite der Sache gehalten, das heißt: an meine aufrichtigen Verehrungsgefühle für Sie.“ (S. 838)

Daraufhin will Peeperkorn, wie zuvor Clawdia, mit Hans ein Bündnis schließen **für** jemanden, und erklärt sich und Hans zu Brüdern:

… Brüder

> „Junger Mann, wir sind Brüder, ich erkläre uns dafür … Die Genugtuung, die Ihnen mit der Waffe zu geben Alter und Unpässlichkeit mich hindern … ich biete sie Ihnen in Form eines Bruderbundes, wie man ihn sonst wohl gegen Dritte, gegen die Welt, gegen jemanden schließt, und den wir im Gefühl für jemanden schließen wollen.“ (S. 841)

Bei einem Ausflug in die nähere Umgebung muss sich Hans anhören, wie vernarrt Ferdinand Wehsal in Clawdia ist. Hans mahnt ihn, sich zu zügeln, doch Wehsal ist der Meinung, dass Fleischesbegierde nur durch Erfüllung gestillt werden könne.

Peeperkorns Selbstmord

In der Nacht schläft Hans unruhig und wird „kurz nach zwei Uhr" (S. 855) von einer Schwester des Sanatoriums zu Clawdia und Peeperkorn gerufen, wo er den Freund tot – Peeperkorn hat den Freitod durch Vergiften gewählt – vorfindet. Am Totenbett redet Hans mit der Russin. Er küsst Clawdia auf die Stirn und redet sie jetzt mit ‚Sie' an – ihre erneute Abreise steht unmittelbar bevor.

Clawdia reist erneut ab

Nach Clawdias neuerlichem Abschied ereilt Hans eine totale Gleichgültigkeit:

> „Seit dieser Wende [der Abreise Clawdias] schien es dem jungen Mann … als habe ein Dämon die Macht ergriffen … der Dämon, des Name Stumpfsinn war … er [Hans] wusste, was er sah: Das Leben ohne Zeit, das sorg- und hoffnungslose Leben, das Leben als stagnierende betriebsame Liederlichkeit, das tote Leben." (S. 863)

Behrens stellt eine neue Diagnose (Streptokokkeninfektion) und verordnet auch diesmal wieder eine Spritzenkur. Hans verfällt mittlerweile dem Patiencespiel und ist selbst an einer Unterhaltung mit Settembrini nicht mehr interessiert, der vergeblich versucht, ihm die weltpolitische Lage, die auf einen großen Krieg hinauszulaufen scheint, zu verdeutlichen. Die Gleichgültigkeit Castorps wird erst durch die Anschaffung eines Grammofons beendet. Hans übernimmt das immerzu nötige Wechseln der Nadel und wacht über die dazugehörigen Platten. Dazu zählen *Aida*, die Lindenbaum-

Musik

Vertonung von Schubert, „ein ‚Gebet' aus der Faust-Oper von Gounod" (S. 893), das ihn an Joachim erinnert, und einige andere.

Bei einer durch Dr. Krokowski einberufenen Séance wünscht Hans seinen verstorbenen Vetter Joachim Ziemßen zu sehen (vgl. S. 930). Als sich Joachims Manifestation zeigt, ist Hans zutiefst erschüttert; auf die Aufforderung Krokowskis hin, den Vetter anzureden, bricht Hans die Sitzung ab.

Eine Séance

Auf dem ‚Berghof' machen sich Gereiztheit und Streit breit. Am Ende eines eskalierenden Streitgesprächs über „das Problem der Freiheit" (S. 955) zwischen Naphta und Settembrini, als Settembrini Naphta der „Infamie" (S. 958) bezichtigt, fordert Naphta den Italiener zu einem Duell heraus. Er verlangt Schusswaffen und „war ja außer Rand und Band mit seinen Vorschlägen. Er verlangte fünf Schritt Distanz und dreimaligen Kugelwechsel, falls es nötig sein sollte." (S. 963)

Duell

Am Tag des Duells teilt Settembrini Hans mit, dass er Naphta auf keinen Fall töten werde:

> „Mein Freund, ich werde nicht töten. Ich werde es nicht. Ich werde mich seiner Kugel darstellen, das ist alles, was mir die Ehre gebieten kann. Aber ich werde nicht töten, verlassen Sie sich darauf!" (S. 968)

Schlichtungsversuche führen zu keinem Ziel, das Duell wird ausgeführt. Settembrini schießt in den Himmel, was Naphta prompt aufgebracht kritisiert. Er fordert den Italiener zu einem neuen Schuss auf, doch Settembrini lehnt ab, mit dem Verweis darauf, dass Naphta an der Reihe sei. „‚Feigling!', schrie Naphta … hob seine Pistole auf eine Weise, die nichts mehr mit Kampf zu tun hatte, und schoss sich in den Kopf." (S. 971)

Naphtas Tod

Sieben Jahre sind nunmehr seit Castorps Ankunft im Sanatorium vergangen. „Er hatte an allen sieben Tischen des Speisesaals gesessen, an jedem ungefähr ein Jahr." (S. 971) Hans ist mittler-

Sieben Jahre im Sanatorium

weile völlig losgelöst vom ‚Flachland' – der Tod seines Großonkels und Pflegevaters Konsul Tienappel, dem Vater von James, vollendet diesen Prozess.

Der Krieg bricht aus

Explosionsartig schlägt die Nachricht vom Krieg in die Heilanstalt ein; Hans, der „Siebenschläfer", sieht sich „entzaubert, erlöst, befreit, – nicht aus eigener Kraft, wie er sich mit Beschämung eingestehen musste, sondern an die Luft gesetzt von elementaren Außenmächten" (S. 978).

Hans reist ab, um den Kriegsdienst anzutreten. Settembrini verabschiedet ihn am Bahngleis.

Offenes Ende

Der Erzähler blendet in die Kriegshandlung über: Ein Regiment Freiwilliger, unter ihnen Hans Castorp, gerät in ein Sperrfeuer. „Sie sind dreitausend, damit sie noch ihrer zweitausend sind, wenn sie bei den Hügeln, den Dörfern angelangen; das ist der Sinn ihrer Menge." (S. 982) Hans singt halblaut inmitten von „Feuer, Eisen, Blei und zerstückeltem Menschtum" (S. 983) ein Lied, es ist „Am Brunnen vor dem Tore", das im Sanatorium zu seinen Lieblingsstücken zählte (vgl. S. 894). Hans gerät dem Erzähler nun aus den Augen:

> „Deine Geschichte ist aus. Zu Ende haben wir sie erzählt ... Fahr wohl – du lebest nun oder bleibest! Deine Aussichten sind schlecht; das arge Tanzvergnügen, worein du gerissen bist, dauert noch manches Sündenjährchen, und wir möchten nicht hoch wetten, dass du davonkommst. Ehrlich gestanden, lassen wir ziemlich unbekümmert die Frage offen." (S. 984)

## 3.3 Aufbau

ZUSAMMEN-FASSUNG

→ Der Vorsatz des Romans zieht den Vergleich zur Gattung des Märchens.
→ Ein wichtiger Schlüssel zum Verständnis liegt in der Unterscheidung ‚Flachland' versus ‚Zauberberg'. Während die Ebene für die Gesundheit und das Leben – die bürgerliche Sphäre – steht, werden der Bergwelt Eigenschaften, die mit Krankheit und Tod zusammenhängen, zugeschrieben.
→ Ein Blick auf die Zeitkonzeption des Romans macht deutlich, dass der Autor gehäuft mit Zeitraffung und Zeitdehnung arbeitet.
→ Die Rolle des Erzählers ist aufschlussreich: Er mischt sich regelmäßig in die Handlung ein, er wertet und hält Informationen zurück.
→ Wichtig ist die ironische Behandlung der Erzählerrolle durch den Autor.

### Der Vorsatz

Dem *Vorsatz* kommen vorbereitende Eigenschaften zu. In ihm klärt der Erzähler den Leser über das zu Erwartende auf und äußert Vermutungen über die zu erwartende Erzählzeit.

Der Leser erhält nur unzureichende Auskünfte, so wird er über den genauen Handlungsablauf im Dunkeln gelassen, der Protagonist der Geschichte aber wird bereits im ersten Satz erwähnt. Sogar über sein Wesen – „der Leser wird einen einfachen, wenn auch ansprechenden jungen Mann in [Hans Castorp] kennen lernen" (S. 9) – wird Bericht erstattet. Es wird klargestellt, dass es sich um

Hans Castorps Geschichte

Castorps Geschichte handelt, die der Erzähler schildern wird, jedoch wird ihr ein verallgemeinernder Charakter zugeschrieben; das heißt, der Leser wird mit einem Helden konfrontiert, der austauschbar ist. Die Geschichte wird demnach nicht um „seinetwillen" (S. 9), sondern „um der Geschichte willen" (ebd.) erzählt. Der zu schildernde Stoff ist somit als wichtiger einzuschätzen als der Held, der ihn erlebt. Dem Stoff wird dadurch eine Übertragbarkeit auf jede andere Person zugeschrieben, mit einer kleinen Einschränkung: Es sei wahrscheinlich, dass „nicht jedem jede Geschichte passiert" (ebd.).

Der Stoff wichtiger als der Held

Der Erzähler definiert die Gattung des zu Erzählenden als Geschichte. Jedoch zieht er schon im *Vorsatz* einen klaren Vergleich zum Märchen: „Zudem könnte es sein, dass die unsrige [Geschichte] mit dem Märchen auch sonst, ihrer inneren Natur nach, das eine und andre zu schaffen hat." (S. 10) Der Erzähler macht also von Beginn an darauf aufmerksam, dass der Rezipient sich auch auf gattungsuntypische Elemente einzustellen hat. So wird beispielsweise die Anwesenheit des Helden auf dem Zauberberg, die mit sieben Jahren als enorm lang zu bezeichnen ist, von vornherein relativiert. Die Gattung Märchen liefert viele Modelle, in denen Figuren zum Beispiel sieben Jahre nicht sprechen dürfen oder – wie im *Zwerg Nase* – sieben Jahre entführt werden, die dem Protagonisten Jakob allerdings eher wie sieben Tage vorkommen. Ein ähnliches Phänomen des Zeiterlebens erfährt auch Hans Castorp. Die Zeit wird ähnlich wie im Märchen *Zwerg Nase* nicht bewusst wahrgenommen. Hans verliert aufgrund der zahlreichen äußeren Einflüsse jegliches Zeitgefühl.

Vergleich zum Märchen

*Zwerg Nase*

## Die Kompositionsstruktur

*Der Zauberberg* ist in sieben Kapitel gegliedert. Jedes Kapitel ist in unterschiedlich viele Unterkapitel aufgeteilt, wobei der Umfang eines jeden Kapitels sowie eines jeden Unterkapitels beträchtlich variiert. Die Ausdehnung der Kapitel unterliegt, angefangen beim ersten bis hin zum letzten Kapitel, einer außerordentlichen Steige-

Sieben Kapitel

rung. Die ersten fünf der sieben Kapitel – rund die Hälfte des Romans – behandeln nur sieben Monate von Castorps Aufenthalt, Kapitel sechs und sieben die restliche Zeit der insgesamt sieben Jahre.

Erzähldauer

Den Kapiteln ist der *Vorsatz* vorangestellt, der die nachfolgende Handlung nicht unmissverständlich gliedert, sondern den Leser mit einer Spekulation über die Dauer der Erzählung konfrontiert:

> „Im Handumdrehen also wird der Erzähler mit Hansens Geschichte nicht fertig werden. Die sieben Tage einer Woche werden dazu nicht reichen und auch sieben Monate nicht … Es werden, in Gottes Namen, ja nicht geradezu sieben Jahre sein!“ (S. 10)

Die sieben Jahre, die als Zeitvorgabe zunächst verworfen werden, entsprechen der tatsächlich **erzählten Zeit** des Romans, denn es sind sieben Jahre, die Hans im Sanatorium verweilt. In dieser Zeitspanne wird nicht ausschließlich Handlung wiedergegeben. Mitunter gibt es lange Passagen, in denen der Leser in keiner Weise über den Verlauf der Handlung informiert wird. An die Stelle der Handlung treten dann philosophische Diskussionen, Reflexionen, Beschreibungen oder Erklärungen, die in den meisten Fällen vom Erzähler abgegeben werden: Wenn der Erzähler z. B. am Beginn des fünften Kapitels über die vergangene Zeit berichtet oder Vermutungen über die zu erwartende Zeitspanne anstellt, dann wird die Handlung nicht fortgeführt. Allerdings erfährt der Leser Details, die das Gesamtgefüge der Erzählung vervollkommnen.

Diskussionen und Reflexionen lassen die Handlung pausieren

Die **Erzählzeit –** sie hängt von Interesse und Lesefähigkeit ab – nimmt ähnlich wie die erzählte Zeit viel Zeit in Anspruch, dennoch ist sie nicht mit ihr identisch, sonst würde der Leser ganze sieben Jahre benötigen, um an das Ende des Romans zu gelangen.

Neben der zeitlichen Gliederung des Romans ist eine räumliche Einteilung erkennbar: Der schweizerischen Gemeinde Davos im Kanton Graubünden (Zauberbergareal) wird die Hansestadt Hamburg, die Heimat Castorps, und das ‚Flachland' gegenübergestellt. Diese Orte werden unterschiedlich beschrieben. Während das ‚Flachland' für das Leben, den Fortschritt, die Sittlichkeit und die Gesundheit steht, ist das Zauberberggebiet als Negativsphäre konzipiert. Dem ‚Flachland' stehen Tod, Stillstand, entgrenzte Freiheit und Krankheit gegenüber.

Flachland versus Zauberberg

Das Sanatorium ist ein hermetisch abgeschlossener Ort, der eine absonderliche Gesellschaft beherbergt, in die Hans lediglich zufällig gerät. Ist er am Anfang noch distanziert, so verfällt er zunehmend den Bedingungen der Hochebene. Er gibt sich dem „Lotterleben", vor dem Settembrini ihn gewarnt hat, hin und unterliegt dadurch einem moralisch-sittlichen Verfall. Eine Lösung vom Sanatorium scheint für Hans nicht mehr möglich. Immer wenn Hans sich bewusst und auf sich allein gestellt in die vermeintlich freie Welt außerhalb der Heilanstalt begibt, gerät er in Orientierungslosigkeit, wie in den Unterkapiteln *Hippe* und *Schnee*. Dies ist für sich allein genommen schon ein Anhaltspunkt für die zunehmende Akklimatisierung des Helden. Würde nicht der Krieg das bestehende Gefüge der Zauberbergwelt erschüttern, vielleicht hätte Hans dann bis an sein Lebensende in der Klinik gelebt.

Das Sanatorium als hermetischer Ort

Krieg durchbricht das Gefüge

## Die Zeitkonzeption des Romans

Inhaltlich ist die Zeit eines der zentralen Motive des Romans. Ihre Konzeption ist scheinbar einfach zu erfassen. Es sind sieben Jahre, in denen Hans Castorp im Sanatorium verweilt. Angefangen an einem Dienstag im August des Jahres 1907, bleibt Castorp bis zum Jahr 1914. Bei näherer Betrachtung zeigt sich, dass das Motiv Zeit auf höchst komplexe Weise im Roman verwoben ist.

Das Motiv der Zeit

Es gibt Zeitraffungen, Zeitsprünge – Vor- und Rückgriffe – und Zeitdehnungen, das heißt, dass die offenkundig chronologische

Darstellung von sieben Jahren der Anwesenheit Hans Castorps in der Heilanstalt mehrfach gebrochen ist. Dem Leser präsentiert sich also keine natürliche Abfolge der Ereignisse; so wird die Kindheit Castorps erst im zweiten Kapitel, nach seiner Ankunft im Sanatorium, geschildert. Teilweise erlebt der Leser sogar ähnlich wie der Protagonist eine totale Entzeitlichung beziehungsweise Zeitentrücktheit.[13] Dieses Phänomen wird besonders dann deutlich, wenn Zeitangaben oberflächlich und ungenau werden, was besonders in den beiden letzten Kapiteln, die mehr als sechs Jahre von Castorps Sanatoriumaufenthalt schildern, häufig der Fall ist. Die Figur Settembrini verdeutlicht dieses Problem gegenüber Hans: „Wir kennen das Wochenmaß nicht, mein Herr ... Unsere kleinste Zeiteinheit ist der Monat.“ (S. 84) Die Patienten erleben immerzu die gleichen Abläufe, Tage werden nicht mehr als Tage wahrgenommen, sie werden ununterscheidbar voneinander, die Patienten der Heilanstalt verlieren jegliches Zeitgefühl. Die Nicht-Wahrnehmung von Zeit führt dazu, dass die Patienten „dem Leben verloren gehen“ (S. 276). Settembrini benutzt diese Äußerung zwar in einem etwas anderen Zusammenhang, aber er zeigt, wie sehr seine Mitpatienten an „Flirt und Temperatur“ (S. 276) – an eher unwichtige Dinge – denken. Er erkennt eine Reduktion der Tätigkeiten, unentwegt begegnet den Patienten der immer gleiche Tagesablauf. Verstärkend kommt hinzu, dass sich die Heilanstalt außerhalb der gewöhnlichen Gesellschaftsordnung befindet. Der Ort verfügt über eine eigene Zeit und eigene Begrifflichkeiten dieser, was Settembrinis Aussage über das Zeitmaß unterstützt. Settembrini könnte auch sagen, dass die Uhren „hier oben“ (S. 255) anders ticken, dann wären die Zeit- und Raumkomponente gekoppelt aufgetreten und die Tatsache, dass Zeit und Raum sich bedingen, wäre von vornherein deutlich gewesen.

Keine natürliche Abfolge der Ereignisse

Zeitentrücktheit

„Flirt und Temperatur“ (S. 276)

---

13 Vgl. auch Neumann, S. 66, und Kapitel 5 dieser Erläuterung.

## Die Rolle des Erzählers

„Es gibt kein Erzählen, das den Autor tatsächlich ausschaltet und den Leser dadurch in eine reine Unmittelbarkeit zum Romangeschehen bringen könnte.“[14]

Heimtückische Raffinesse

Der Erzähler als Vermittler der Handlung des Romans ist durch heimtückische Raffinesse gekennzeichnet. Er erzählt, er wertet, er hält bewusst Informationen zurück und er ist nicht über absolut jede Einzelheit im Bilde, das heißt, er ist – im ursprünglichen Sinne – nicht allwissend. Der Erzähler tritt nie als Ich-Erzähler auf, sein genauer Status ist jedoch zutiefst ambivalent. Spricht er nicht in der 1. Person Singular, so kann doch festgestellt werden, dass er zuweilen in der 1. Person Plural spricht: „die wir erzählen wollen“ (S. 9), „Wir werden sie ausführlich erzählen“ (S. 10). „Freilich sind die Voraussetzungen für einen allwissenden und allwertenden Erzähler nach Art des 18. Jahrhunderts nicht mehr gegeben“[15], denn der Erzähler bei Thomas Mann ist vor allem ironisch gebrochen. Sein Charakter ist nicht exakt feststellbar:

Ambivalenz des Erzählers

> „Die Ironie trifft zunächst den Erzähler selbst. Das gewohnte ‚wir‘ des Pluralis narrationis scheint eine Erzählerfigur nach altbekanntem Muster anzuzeigen … die denn auch in gewohnter auktorialer Weise agiert: Sie entlarvt Hans Castorps Behauptungen, indem sie den Leser hinter die Kulissen blicken lässt … sie reflektiert über ihr Erzählen … bewertet ihren Helden … und gibt Hinweise zum Verständnis seiner Geschichte … sie zeigt dem Leser unterschiedliche Mienen … verstrickt ihn in Dialoge … entwirft sogar … die Fiktion einer geselligen Runde aus Erzähler und Zuhörer und schwingt sich schließlich zu eigenen

---

14 Neumann, S. 59.
15 Ebd.

> Gefühlen auf … Doch bei näherer Betrachtung verschwimmen die klaren Konturen dieser Figur. Einmal meinen wir tatsächlich ein mit dem Leser plauderndes Individuum zu hören; ein andermal erweist sich, was wir für Erzählrede hielten, nachträglich als ein Gedankengang Hans Castorps … einmal begegnet uns der vertrautet Gestus des allwissenden Blicks … ja die Allmacht des Auktors, der souverän über seinen Stoff disponiert … ein andermal werden wir mit bloßen Vermutungen von außen konfrontiert … einmal trifft das narratorische ‚wir' die Gesamtheit derer ‚hier oben' … Hans Castorp also und Joachim und all die anderen Patienten – aber unter die Patienten ist der Erzähler doch sicherlich nicht zu rechnen? –; ein andermal umfasst sein ‚wir' ausdrücklich ‚Erzähler, Held und Leser' … andernorts ersichtlich nur Erzähler und Leser … Die vertraute Fiktion einer Konversation zwischen persönlichem Erzähler und implizitem Leser gerät so zunehmend aus den Fugen."[16]

Konturen verschwimmen

Hans Castorps Schicksal bleibt offen

Der Erzähler lässt den Leser am Ende des Romans allein, wenn er die Frage nach Castorps Verbleib unbeantwortet lässt. Seine Überlegungen sind maximal hypothetischer Natur, wenn er sagt: „Ehrlich gestanden, lassen wir ziemlich unbekümmert die Frage [nach Castorps Schicksal] offen." (S. 984)

Ihn interessiert also nicht, was in Zukunft mit seinem Helden geschieht. Viel wichtiger ist jedoch, dass der Erzähler den Leser mit einer Frage konfrontiert: „Wird auch aus diesem Weltfest des Todes, auch aus der schlimmen Fieberbrunst, die rings den regnerischen Abendhimmel entzündet, einmal die Liebe steigen?" (S. 984) Diese Frage muss der Rezipient sich selbst beantworten, der Roman liefert die Antwort nicht.

Keine endgültigen Antworten

---

16 Ebd., S. 59 f.

# 3.4 Personenkonstellation und Charakteristiken

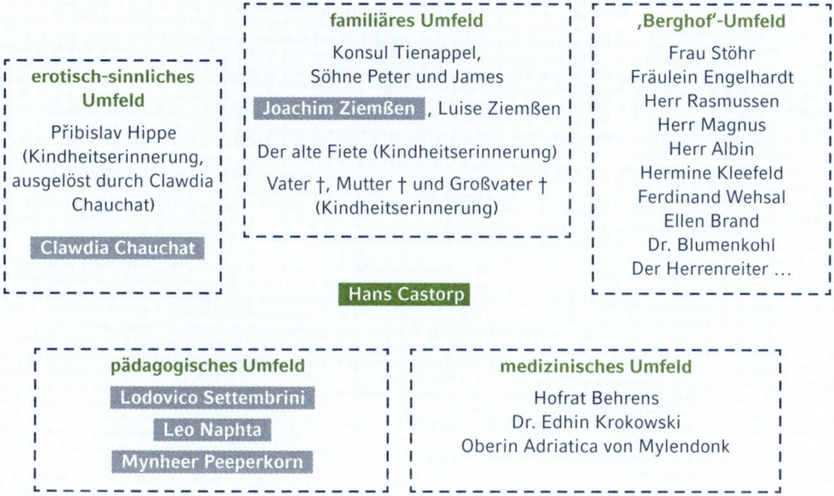


Einflüsse auf Hans Castorp

Die Figuren des Romans lassen sich zu unterschiedlichen Gruppen zusammenfassen. Insgesamt können fünf Bereiche ausgemacht werden, die auf den Helden wirken: das erotisch-sinnliche Umfeld, sein familiäres Umfeld, das ‚Berghof'-Gäste-Umfeld, ein pädagogisches Umfeld und das Umfeld des medizinischen Personals. Alle Figuren stehen in Beziehung zum Protagonisten Hans Castorp – die einen mehr, die anderen weniger. Einige Figuren finden lediglich kurze Erwähnung oder spielen nur in Castorps Erinnerungen an die Kindheit eine Rolle.

## Hans Castorp

Bürgerssohn

Hans ist Vollwaise, ein gut aussehender Patriziersohn und „weder Genie noch Dummkopf" (S. 49). Als er sich nach Davos begibt, hat er eben sein Schiffsbau-Studium abgeschlossen, ansonsten ist er ein völlig unbeschriebenes Blatt. Er hat keine tiefreichenden familiären oder freundschaftlichen Wurzeln in das ‚Flachland'. Familie Tienappel ist maximal eine Zweitbesetzung, denn seine Mutter und sein Vater sind tot, ebenso sein Großvater, dem er sehr ähnelt (vgl. S. 54). Hans stammt aus gutem Hause. Nach dem Tode des Großvaters lebt er bei seinem Großonkel Konsul Tienappel. Dort wächst er in der Hansestadt Hamburg auf und erlebt den Betrieb im Hafen. Er hat Einblick in das Treiben der Konstrukteure und Ingenieure in den Werften, „und hier lag ja später sein besonderes Interessengebiet" (S. 47).

Einen deutlichen Zusammenhang des gewählten Vornamens „Hans" für den Protagonisten sieht Reinhard Pabst mit einem bekannten deutschen Kinderlied. Er schreibt in seinem Artikel im *Focus* vom 30. Dezember 2002, dass völlig klar sei, woher der Held seinen Vornamen habe:

Der „Träumer Hans"

> „Der ‚Träumer-Hans' kommt geradewegs aus dem bekanntesten deutschen Kinderlied vom ‚Hänschen klein', aus dessen Strophen mehrfach überdeutlich verwiesen wird: Singend, ‚hochgemut' mit Stock und Hut, zieht Manns ‚deutsches Hänschen' in ‚die Welt hinein' und bringt sieben Jahre in der Fremde zu."[17]

Herkunft des Namens

Pabst verweist ferner auf einen Bericht mit dem Titel *Unter Kranken und Gesunden in Davos. Die Geschichte eines Kur-Urlaubs*, den Johannes Utenwoldt 1907 veröffentlicht hat. Sein Protagonist trägt ebenfalls den Namen Hans. Auch er befindet sich auf dem Weg

---

17 Pabst, *Der entzauberte Berg*, S. 46.

nach Davos und „damit nicht genug: Wie sein Namensvetter Hans Castorp kauft sich Hans … eine Wintersportausrüstung und erlernt das Skifahren.“ [18] Diese deutlichen Parallelen verweisen darauf, dass Utenwoldts Text in den Mann'schen Rechercheunterlagen für den *Zauberberg* vorhanden war, was jedoch nicht völlig geklärt werden kann, denn alle Notizen und Materialien gelten als verschollen, nachdem Thomas Mann die Unterlagen, als er vor den Nazis in die Emigration flüchtete, zurücklassen musste.

## Joachim Ziemßen

Joachim erscheint dem Leser als sympathische Figur. Es zieht ihn ins ‚Flachland', da er dort seinen ersehnten Dienst als Soldat leisten will, sein Gesundheitszustand unterbindet jedoch eine Abreise.

Soldat

> „Im verhinderten Leutnant Joachim Ziemßen zeigt sich die andere Seite deutscher Gegenwart, jener preußische Militarismus … der im Wilhelminischen Zeitalter en vogue war … Dass seiner durchwegs sympathischen Gestalt dennoch all die vom Autor so verabscheuten wilhelminischen Züge fehlen, ist wohl auch Thomas Manns schamhaltiger Loyalität gegenüber den jungen Soldaten geschuldet, die er bei Ausbruch des Krieges nicht an die Front begleitet hatte.“ [19]

Preußischer Militarismus

Hansens Vetter, Sohn von Castorps Stieftante Luise, absolviert zunächst mit aller Gewissenhaftigkeit die verordneten Liegekuren und empfohlenen Therapien, doch als sein Verlangen nach der Dienstausübung als Soldat zu groß wird, reist er gegen den Rat der Ärzte ab, was seinen Zustand letztendlich verschlimmert. Pabst unterstreicht,

---

18 Ebd., S. 45.
19 Neumann, S. 68.

Der Name Ziemßen

„dass der Nachname Joachim Ziemßen, der an Lungen- und Kehlkopftuberkulose stirbt, eine Reverenz an den Spezialisten für Kehlkopfkrankheiten, Professor Dr. Hugo Wilhelm von Ziemssen (1829–1902), darstellt, aus dessen Handbuch sich Mann informierte und den er persönlich gekannt zu haben scheint“ [20].

## Lodovico Settembrini

Literat, Humorist und Pädagoge

Der italienische Literat Settembrini nimmt sich Hans Castorps nach dessen Ankunft hilfsbereit an. Nicht zu übersehen sind seine pädagogischen Absichten gegenüber dem Neuankömmling.

Charakterisierung Settembrinis

„Sein Alter wäre schwer zu schätzen gewesen, zwischen dreißig und vierzig musste es wohl liegen, denn wenn auch seine Gesamterscheinung jugendlich wirkte, so war sein Haupthaar doch an den Schläfen schon silbrig durchsetzt und weiter oben merklich gelichtet: Zwei kahle Buchten sprangen neben dem schmalen, spärlichen Scheitel ein und erhöhten die Stirn. Sein Anzug, diese weiten, hellgelblich karierten Hosen und ein flausartiger, zu langer Rock mit zwei Reihen Knöpfen und sehr großen Aufschlägen, war weit entfernt, Anspruch auf Eleganz zu erheben; auch zeigte sein rund umgebogener Stehkragen sich von häufiger Wäsche an den Kanten schon etwas aufgeraut, seine schwarze Krawatte war abgenutzt, und Manschetten trug er offenbar überhaupt nicht.“ (S. 81 f.)

Humanist und Freimaurer

„Settembrini präsentiert sich als Erbe der Aufklärung und Vorkämpfer für Republik und Demokratie“ [21]; er ist Humanist und Freimaurer. Settembrini ist, wie sich im Laufe des Romans her-

---

20 Pabst, *Der entzauberte Berg*, S. 45.
21 Neumann, S. 68.

ausstellt, unheilbar krank. Immerzu verweist er Hans darauf, dass er seine Arbeit als Literat auch hier absolvieren kann – Hans jedoch müsse in die Ebene zurückkehren, damit er seinem Beruf als Schiffsbauingenieur nachgehen könne. Oft drängt er den jungen Mann zur Abreise.

> „Die offen ins Feld geführte aufgeklärte Vernunft und die insgeheim dominierende ästhetische Weltperspektive verquicken sich in ihm zu aussichtslosen Widersprüchen.“ [22]

Ein Schwätzer?

Während seines Schneetraumes entdeckt Hans, dass Settembrini ebenso wie Naphta ein Schwätzer ist. Dennoch sind die Sympathien für den Italiener wesentlich stärker als für dessen Gegenspieler. Auch kleine Differenzen zwischen Hans und Settembrini werden überwunden. Der Literat ist immer in der Nähe des ‚Sorgenkindes‘ und verabschiedet ihn bei seiner Abreise am Bahnhof. Bei dieser Gelegenheit muss Settembrini erkennen, dass der Beruf des Soldaten, den sich eigentlich Joachim erwählt hatte, nun für Hans vorgesehen ist.

## Leo Naphta

„Ätzende Hässlichkeit“

Leo Naphta ist ein kleiner und schmächtiger Mann von bleicher Gesichtsfarbe. Naphta trägt eine leichte Brillenfassung mit dicken Gläsern, hat aschblondes Haar, einen schmalen Mund und eine gebogene Nase und ist immerzu wohlgekleidet: „Er war ein kleiner, magerer Mann, rasiert und von so scharfer, man möchte sagen: ätzender Hässlichkeit, dass die Vettern sich geradezu wunderten.“ (S. 511) Settembrini erklärt den Vettern:

---

22 Ebd.

Auch Naphta ist krank

„Er sei Professor der alten Sprachen, in den obersten Klassen des Fridericianums … Sein Schicksal sei dem seinen … gleich. Durch seinen Gesundheitszustand vor fünf Jahren heraufgeführt, habe er sich überzeugen müssen, dass er des Aufenthaltes für lange Frist bedürftig sei, habe sein Sanatorium verlassen und sich privatansässig gemacht.“ (S. 515 f.)

Naphtas Herkunft

Naphta stammt aus einem kleinen Dorf in der Nähe der galizisch-wolynischen Grenze. Sein Vater Elia ist Schächter, bewandert in der Tora und hat scheinbar die Gabe, Menschen mit Blut und rituellen Sprüchen zu heilen (vgl. S. 604). Er wird an der Tür seines brennenden Hauses gekreuzigt, woraufhin die Familie in ein Städtchen am Vorarlberg zieht. Von seiner schwindsüchtigen Mutter hat er seine Veranlagung zu Brustkrankheiten geerbt, von dem Vater die intellektuellen Fähigkeiten. Nach seinem Privatunterricht bei einem Kreisrabbiner, von dem er wegen seiner revolutionären Ambitionen verstoßen wird, und dem Tod seiner Mutter Rahel wird er von Jesuitenpater Unterpertinger ins Pensionat der Gesellschaft Jesu ‚Stalla matutina‘ aufgenommen, wo Naphta sich taufen lässt. Naphta strebt das Theologiestudium an und will dem Orden angehören. Nach zweijährigem Noviziat empfängt er die Weihen und beginnt sein Studium, das er wegen eines Blutsturzes jedoch unterbrechen muss. Aufgrund seiner anhaltenden Krankheit ist ihm Fortführung und Abschluss seines Studiums und somit der weitere Aufstieg innerhalb des Ordens verwehrt. So erreicht er nur das Subdiakonat.

Jesuit

Leo Naphta lebt im gleichen Haus wie Settembrini, jedoch verfügt Naphta über einen gewissen Luxus, was sich in der finanziellen Unterstützung seines Ordens begründet.

Naphta ist Settembrinis Gegenspieler und Diskutant. Der Italiener sagt über ihn:

Settembrinis Gegenspieler

> „Herr Naphta ist ein Mann von Kopf – das ist selten. Er ist eine diskursive Natur – ich bin es auch. Verurteile mich, wer will, aber ich mache Gebrauch von der Möglichkeit, mit einem immerhin ebenbürtigen Gegner die Klinge der Idee zu kreuzen." (S. 558 f.)

Settembrini warnt die beiden Vettern jedoch vor Naphta: „Es ist meine Pflicht, Ihre Jugend wenigstens auf die geistigen Gefahren hinzuweisen, die sie im Umgang mit diesem Manne läuft, und Sie übrigens zu bitten, den Verkehr mit ihm in weisen Grenzen zu halten. Seine Form ist Logik, aber sein Wesen ist Verwirrung." (S. 558)

Der Jesuit und Kommunist Naphta proklamiert nicht die Settembrini'schen Parolen „Persönlichkeit, Menschenrecht, Freiheit!" (S. 548), sondern erklärt den Gehorsam zu einem Prinzip der Freiheit. Zudem vertritt er die Meinung: „Nicht Befreiung und Entfaltung des Ich sind das Geheimnis und das Gebot der Zeit. Was sie [die Jugend] braucht, wonach sie verlangt, was sie sich schaffen wird, das ist – der Terror." (S. 549)

Kommunist

Für die Figur des Naphta soll sich Thomas Mann Züge des Literarhistorikers und Philosophen **Georg Lukács** geliehen haben.

Georg Lukács

### Mynheer Peeperkorn

Am 11.4.1925 musste Thomas Mann einen Entschuldigungsbrief an den Schriftsteller und Nobelpreisträgers Gerhart Hauptmann (1862–1946) schreiben, da er sich für die Figur des Mynheer Peeperkorn Züge des Schriftstellers lieh.

Gerhart Hauptmann

Der kolonial-holländische Kaffeepflanzer Peeperkorn kommt in Begleitung der Russin Clawdia Chauchat in das Sanatorium. Er ist

Vitalismus

> „laut und gefräßig, gewaltig und despotisch, verschwenderisch und gütig, rein und stark im Gefühl, ungemessen und unbeschränkt durch bloße Begriffe, mystisch überzeugend durch seine noch elementare Undeutlichkeit, kurz, das anfängliche, heidnische, sich selbst als Wert setzende Leben, oder was man heute Vitalismus nennen würde“ [23].

Kein großer Redner

Mynheer Peeperkorn besticht eher durch sein äußeres Erscheinungsbild denn durch eloquent-intellektuelle Rede, ganz im Gegensatz zu Naphta oder Settembrini, die durch ihre Redekunst zu überzeugen suchen.

Peeperkorn findet Hans von Anfang an sympathisch, „Hans Castorp gefiel ihm“ (S. 769). Schließlich erkennt er aber in Hans den ehemaligen Liebhaber der Chauchat und fordert ihn auf, sich dazu zu äußern. Als Hans ihm mit Ehrlichkeit begegnet, besänftigt er Peeperkorn und festigt zudem die Beziehung zu ihm. Aus einem freundschaftlichen Verhältnis wird ein brüderliches, denn Peeperkorn erklärt Hans und sich zu Brüdern. – Gerhart Hauptmann hatte Thomas Mann ebenfalls zu seinem Bruder erklären und ihm das ‚Du‘ anbieten wollen:

> „Er hatte wohl etwas getrunken und fing an: ‚Also … Beachten Sie wohl … Gut! … Wir sind doch Brüder, nicht wahr … Sollten wir folglich nicht … Gewiss! Aber lassen wir das!‘ Es blieb beim Sie.“ [24]

---

23 Eloesser, S. 204.
24 Mann, *Reden und Aufsätze*, S. 279.

Die nunmehr brüderliche Beziehung Castorps zu Peeperkorn wird durch den Holländer weiter gesteigert, wenn er Hans als Sohn verabschiedet: „Verlasse mich, mein Sohn! … unsere Geliebte kann jeden Augenblick zurückkehren." (S. 842) Dieses Verhältnis findet jedoch ein jähes Ende, als Peeperkorn den Freitod durch Vergiften wählt, die „Schande … der Ohnmacht" fürchtend, „das Weib zur Begierde zu wecken" (S. 828).

Freitod

## Clawdia Chauchat

Schleicherin

Bereits der Name der Russin Clawdia Chauchat weist einige versteckte – da fremdsprachige – Anspielungen auf das katzenähnliche Betragen Clawdias auf: Hinter dem englischen Wort ‚claw' verbirgt sich die Kralle (auch: ‚to claw' – zerkratzen). Der Ausdruck ‚chau' (von ‚chaud') stammt – ebenso wie ‚chat' – aus dem Französischen und bedeutet ‚heiß'. Das Wort ‚chat' bezeichnet im Französischen die Katze, das heißt, dem Leser des *Zauberberg* zeigt sich die Femme fatale des Romans namentlich in Form einer ‚heißen Katze'.

Femme fatale

Clawdia Chauchat hat ein regelrechtes Markenzeichen: Immer, wenn sie den Speisesaal betritt, lässt sie die Eingangstür geräuschvoll zufallen. Clawdia ist verheiratet, doch ihren Mann besucht sie nur selten. Durch ihre Krankheit ist sie völlig losgelöst von einem gesellschaftlichen Kontext.

Mit Clawdia Chauchat – sie sitzt im Speisesaal am guten Russentisch – verbringt Hans Castorp eine Liebesnacht,

> „in der Faschingsnacht, als Hans Castorp sich in ebenso toller und schlimmer Lage befunden, in dem er der kranken Clawdia Chauchat … seinen Bleistift … Hippe's Bleistift zurückgegeben hatte …" (S. 669).

Ähnlichkeit zu Hippe

Durch Clawdia fühlt sich Hans an seinen Mitschüler Přibislav Hippe erinnert, zu dem er sich seinerzeit hingezogen fühlte: „Wie merkwürdig ähnlich er ihr sah, – dieser hier oben! Darum also interessiere ich mich so für sie? Oder vielleicht auch: Habe ich mich darum so für ihn interessiert?“ (S. 172 f.)

Der Name des Mitschülers „verweist auf den gleichnamigen wendischen Fürsten von Alt-Lübeck“[25]. „Als Merkwürdigkeit kam hinzu, dass das r dieses Vornamens wie sch auszusprechen war: es hieß ‚Pschibislav‘.“ (S. 168) Hippe ist Sohn eines „Historikers und Gymnasialprofessors“ (ebd.) und hat Hans einmal während der Pause im Schulhof einen Bleistift geliehen.

Die Figur Hippe hat eine reale Person zum Vorbild:

> „[Williram] Timpe lieh ihm [Thomas Mann] einst auf dem mit Bornholmer Tonfliesen gepflasterten Hof des Katharineums tatsächlich den Bleistift, den im Roman Hans Castorp von Přibislav Hippe, einem Mitschüler mit wendisch-slawischem Aussehen, empfängt.“[26]

Hans unterhält zu Přibislav eine Form von Fernbeziehung. Er beobachtet ihn auf dem Schulhof und ist sogar unglücklich, wenn er mal nicht zur Schule kommt. Eigentlich kennt Hans Hippe kaum. Er ist eine Jahrgangsstufe weiter und teilt offenkundig keinen seiner Kurse mit ihm, dennoch ist er es, den Hans anredet, als er bemerkt, dass er einen Bleistift für die Zeichenstunde benötigt.

Sexuelles Symbol

Das sexuelle Symbol des Bleistifts weist auf die Liebesnacht mit Clawdia voraus; zugleich erhält Castorps anhaltende Faszination einen deutlich homoerotischen Akzent.

---

25 Pabst, *Der entzauberte Berg*, S. 46.
26 Ebd.

Mit der Figur Hippe im *Zauberberg* knüpft Thomas Mann an den *Tod in Venedig* an. Im *Tod in Venedig* ist es Gustav von Aschenbach, der eine Fernbeziehung zu einem Jungen namens Tadzio unterhält. Diese homoerotische Konstellation ist ähnlich angelegt wie die von Hans und Hippe. Mit Přibislav, den er kaum kennt, verbindet Hans Castorp eine (homo-)erotische Fernbeziehung, die durch Augenkontakt oder durch kleine Berührungen gekennzeichnet ist.

Homoerotik

### Das medizinische Personal des ‚Berghof'-Sanatoriums

Das medizinische Personal des Sanatoriums wird durch die Ärzte **Hofrat Behrens** und **Dr. Edhin Krokowski** sowie durch die **Oberin Frau Adriatica von Mylendonk** repräsentiert.

Der geschäftstüchtige Hofrat ist das medizinische Oberhaupt der Heilanstalt und neben den alltäglichen Routineuntersuchungen für moderne, in der Welt der Medizin teilweise noch unbekannte Behandlungstechniken zuständig.

Das medizinische Oberhaupt

> „Er war ein knochiger Mann, wohl drei Köpfe höher als Dr. Krokowski, schon ganz weiß auf dem Kopf, mit heraustretendem Genick, großen, vorquellenden und blutunterlaufenen blauen Augen, in denen Tränen schwammen, einer aufgeworfenen Nase und kurz geschnittenem Schnurrbärtchen, das schief gezogen war, und zwar infolge einer einseitigen Schürzung der Oberlippe." (S. 68)

Der Hofrat kam einst in Begleitung seiner kranken Frau in die Heilanstalt und lebt seit ihrem Tod allein im Sanatorium. Sein Sohn kommt nur selten zu Besuch.

Der Hofrat liebt wie Hans Castorp das Rauchen und ist ein dilettantischer Maler – Clawdia Chauchat sitzt ihm Porträt. Einzig seine Kenntnis von der Beschaffenheit von Haut lässt ihn Teile des

Der Hofrat malt und raucht

Porträts gut malen. „Hofrat Behrens – Mediziner, Materialist und gutmütiger Zyniker – vertritt die zeitgenössische Großmacht der Naturwissenschaft.“ [27]

Psychoanalyse

Dr. Edhin Krokowski ist der Assistent des Hofrates und ist für die psychologisch-medizinische Betreuung der Patienten zuständig:

> „Doktor Krokowski hingegen darf als Psychoanalytiker zwar die Offenheit des Sanatoriums fürs Allerneuste demonstrieren, erscheint aus dem Blickwinkel orthodoxer Wissenschaft aber eher als obskurer Kurpfuscher. Seine Entwicklung zum Okkultismus, ja Spiritismus ist nicht dazu angetan, derartige Skepsis abzuschwächen.“ [28]

Dr. Krokowski

Dem Seelenzergliederer Dr. Krokowski begegnet Hans Castorp bereits am Abend seiner Ankunft. Der Arzt ist Mitte dreißig, „breitschultrig, fett … und außerordentlich bleich“ (S. 28). Er trägt schwarze Kleidung, hat schwarze Haare und einen Vollbart, durch welchen man beim Lächeln seine gelblichen Zähne sehen kann.

Oberin Mylendonk

Aus den Händen der Oberin Mylendonk erhält Hans gleich einem Initiationsritus das auf dem Zauberberg wichtigste Utensil, das Thermometer. Die Oberin führt dem Hofrat den Haushalt und hält seine Zigarren unter kontrolliertem Verschluss.

> „Aus dem Geschlechte derer von Mylendonk, mein Herr! Von der Mediceischen Venus unterscheidet sie sich dadurch, dass sie dort, wo sich bei der Göttin der Busen befindet, ein Kreuz zu tragen pflegt … Mit Vornamen heißt sie Adriatica.“ (S. 88)

---

27 Neumann, S. 68.
28 Ebd.

## 3.5 Sachliche und sprachliche Erläuterungen

| | | |
|---|---|---|
| S. 12 | **Lethe** | Gewässer aus der griechischen Mythologie. Fluss in der Unterwelt, woraus die Seelen der Verstorbenen das Vergessen trinken |
| S. 14 | **Plaid** | großes Umschlagtuch, Reisedecke |
| S. 15 | **Portepee** | Degenquaste ab Dienstgrad Feldwebel aufwärts |
| S. 17 | **Sputum** | Auswurf |
| | **Ulster** | weiter Herrenmantel aus wetterfestem Stoff |
| S. 99 | **Joppe** | taillenlose Haus-, Reise- oder Jagdjacke |
| | **Juchten** | Kalbs- oder Rindsleder |
| S. 100 | **Chloroform** | Betäubungsmittel |
| S. 125 | **Litewka** | blusenartiger Waffenrock, Uniformrock |
| | **Paletot** | Herrenüberzieher, Mantel |
| S. 126 | **Réaumur** | René-Antoine (1683–1757), franz. Physiker und Biologe |
| S. 131 | **Lüster(jacken)** | eine Stoffart |
| | **Flaus** | langhaariger Stoff |
| S. 153 | **Jett** | Schmuckstein; bitumenreiche tiefschwarze Braunkohle mit samtartigem Fettglanz |
| S. 159 | **Quietismus** | mystische Strömung; erstrebt die Versenkung in Gott |
| S. 161 | **Fond** | Hintersitz einer Kutsche |
| S. 171 | **Crayon** | Bleistift, Farbstift |
| S. 178 | **Pyrrhussieg** | zu teuer erkaufter Sieg |
| S. 180 | **Gaze** | ursprünglich aus Gaza bezogenes durchsichtiges Gewebe, Schleierstoff |
| S. 184 | **asthenisch** | kraftlos, schwach, körperlich und geistig empfindlich |

| | | |
|---|---|---|
| S. 201 | **Radebrechen** | Unfähigkeit, eine Sprache richtig zu sprechen; das Wort entstammt der mittelalterlichen Hinrichtungsart des Räderns. |
| S. 209 | **Panier** | Banner, Heerfahne; etwas, dem man Treue geschworen hat. „Das Panier ergreifen" bedeutet die Flucht ergreifen. |
| | **Tantalus-qualen** | Tantalos ist in der griechischen Mythologie der Stammvater des Geschlechts der Tantaliden und sagenhafter phrygischer König. Die Götter verstießen Tantalos in den Tartaros, den Strafort der Unterwelt, und peinigten ihn dort mit ewigen Qualen. |
| S. 211 | **Rippen-resektion** | Resektion, die Ausschneidung von kranken Organteilen |
| S. 215 | **Phalanx** | (militärisch) geschlossene Schlachtreihe, Kerntruppe |
| S. 216 | **vexieren** | quälen, belästigen, necken, irreführen |
| S. 232 | **Formamint** | Halstabletten |
| S. 246 | **Konduite** | veraltet für: Führung, Betragen |
| S. 247 | **Hilus** | Eintrittsstelle, an der Blutgefäße und Nerven in ein Organ eintreten |
| S. 248 | **Vesikulär** | normales, fast unhörbares Rauschen beim Einatmen |
| S. 263 | **Plumeau** | Federdeckbett |
| S. 270 | **febril** | fieberhaft |
| S. 271 | **Minos und Rhadamanthys** | Minos und Rhadamanthys sind Gestalten aus der griechischen Mythologie; beide sind Söhne von Zeus und Europa. Die Brüder sind nach ihrem Tod Richter in der Unterwelt über die Schatten der Verstorbenen. |
| S. 273 | **Kavernen** | Hohlgeschwür; krankhafter Hohlraum in der Lunge |
| | **Phthisis** | Schwindsucht |

| | | |
|---|---|---|
| S. 274 | **Phlegma** | Gleichgültigkeit, Trägheit |
| | **apoplektisch** | zu Schlaganfällen neigend |
| S. 283 | **‚Remise'** | veraltet für: Geräte-, Wagenschuppen |
| S. 284 | **Cicerone** | Fremdenführer |
| S. 298 | **Dioskuren/ Kastor und Pollux** | aus der griech. Mythologie: die Zwillingsbrüder Kastor und Polydeukes; Synonym für unzertrennliche Freunde |
| S. 301 | **Oxygen** | Sauerstoff |
| S. 302 | **Hilusdrüsen** | Lymphdrüsen an der Austrittsstelle der Luftröhre aus der Lunge |
| S. 303 | **Memento** | Mahnung, Erinnerung |
| S. 313 | **Säkulum** | Jahrhundert |
| | **Musselin** | feiner, glatter Stoff |
| S. 317 | **Thorax** | Brustraum |
| S. 325 | **Füllen** | Fohlen |
| | **Profess** | Ablegung des Ordensgelübdes |
| S. 331 | **Vestibül** | Vorhalle |
| S. 333 | **Ambassadeur** | Gesandter |
| S. 334 | **Pallas Athene** | Göttin der griechischen Mythologie |
| | **Portefeuille** | Brieftasche, Aktenmappe |
| S. 338 | **Konvolut** | Schriftenbündel |
| S. 346 | **Fatum** | Schicksal |
| S. 347 | **Räsoneur** | Schwätzer, Nörgler |
| S. 348 | **Konsumtion** | Verbrauch |
| | **Chemismus** | Gesamtheit der chem. Vorgänge bei Stoffumwandlungen |
| S. 356 | **Epikanthus** | sichelförmige Hautfalte am inneren Augenwinkel |
| S. 357 | **Perspiration** | Hautatmung |

| | | |
|---|---|---|
| S. 358 | **Epidermis** | oberste Hautschicht |
| S. 361 | **Ottomane** | niedriges Liegesofa ohne Rückenlehne |
| S. 364 | **Vasomotoren** | Gefäßnerven |
| S. 366 | **Turgor** | Spannungszustand oder Schwellung des Gewebes |
| S. 368 | **Kollagen** | Strukturprotein des Bindegewebes |
| S. 380 | **Protoplasma** | innere dünnflüssige Masse aller lebenden Zellen |
| S. 382 | **Papillen** | warzenähnliche Ausstülpung auf Organen oder Oberflächen |
| | **Lanugo** | Flaumhaar des Fetus in der zweiten Schwangerschaftshälfte, das kurz vor oder bald nach der Geburt verloren geht |
| | **Pleuroperitonealhöhle** | Leibeshöhle |
| S. 384 | **Gallerte** | sülzartige Masse |
| S. 385 | **Gastrula** | Entwicklungsstadium vielzelliger Tiere |
| S. 386 | **Epithellagen** | oberste Zellschicht von Haut und Schleimhaut |
| | **Mucin** | Eiweißstoff, der den Schleim zäher macht |
| S. 388 | **Femur** | Oberschenkel |
| S. 400 | **Fafnir** | Figur der nordischen Mythologie |
| S. 405 | **Courtoisie** | Artigkeit, Höflichkeit |
| S. 419 | **Engrosmärkte** | Großmarkt |
| S. 421 | **Zeisig** | Vogelgattung innerhalb der Familie der Finken |
| S. 422 | **Batist** | feines, dicht gewebtes Gewebe |
| S. 427 | **Pneumothorax** | hier: künstlich herbeigeführte Luftansammlung im Spaltraum in der Brusthöhle, wo relativer Unterdruck herrscht, um ein Zusammenfallen der Lunge zu verhindern |
| S. 430 | **Idiom** | Spracheigentümlichkeit eines Individuums oder einer Gruppe |

| | | |
|---|---|---|
| S. 435 | **Shag** | fein geschnittener Pfeifentabak |
| S. 436 | **Bioskop-Theater** | Kino |
| S. 439 | **Orangeade** | Orangenlimonade |
| S. 444 | **Danses macabres** | Totentänze |
| S. 445 | **Valet** | Abschied, Abschiedsgruß |
| S. 446 | **Pierrot** | komisch-melancholische Figur mit weiß geschminktem Gesicht |
| S. 452 | **Lilith** | weibliche Figur der antiken vorderasiatischen Religionen und Mythologien; hier Anspielung auf eine jüdische Legende: Lilith war Adams erste Frau, die sich Gottes Forderung verweigerte, Adam untertan zu sein, und deshalb in der Wüste verschwand, wo sie mit tausend Dämonen verkehrte. Wer von ihr verführt wurde, konnte nie wieder eine andere Frau lieben. |
| S. 455 | **Fez** | rote, kegelstumpfförmige Kopfbedeckung |
| S. 457 | **Adlatus** | Helfer, Gehilfe |
| S. 458 | **Epicanthus** | Lidfalte am Innenwinkel der Augen, sogenannte Mongolenfalte |
| S. 469 | **Pianino** | kleines Klavier |
| S. 483 | **Äon** | unendlich langer Zeitraum, Weltalter |
| S. 490 | **Hybris** | frevelhafte Selbstüberhebung, besonders in Bezug auf Gott |
| S. 493 | **Bagno** | Kerker in Italien und Frankreich |
| S. 500 | **Scheherezade** | zentrale Figur aus 1000 und einer Nacht |
| S. 501 | **Glykogen** | Speicherform der Kohlenhydrate (Zucker) in Muskeln und Leber |
| S. 506 | **Herbarium** | Sammlung von getrockneten Pflanzen |
| S. 507 | **Filamente** | Staubfäden |

| | | |
|---|---|---|
| S. 508 | **Aphrodite** | griechische Göttin der Liebe, der Schönheit und der sinnlichen Begierde |
| S. 514 | **Katharina von Siena** | italienische Mystikerin und Kirchenlehrerin (1347–1380) |
| | **Monismus** | Lehre, wonach sich alle Vorgänge und Phänomene der Welt auf ein einziges Grundprinzip zurückführen lassen |
| | **Aristoteles** | griechischer Philosoph in Athen (384–322 v. Chr.) |
| S. 515 | **Fridericianum** | latinisierter Schulname |
| S. 516 | **Bernhard von Clairvaux** | Kirchenlehrer, mittelalterlicher Abt, Kreuzzugsprediger und Mystiker; maßgeblich an der Ausbreitung des Zisterzienserordens beteiligt (1090–1153) |
| S. 517 | **Laotse** | bedeutender chinesischer Philosoph im 6. Jahrhundert vor Christus |
| | **Fénelon** | französischer Geistlicher, Philosoph und Schriftsteller (1651–1715) |
| | **Molinos** | spanischer Quietist (1628–1697) |
| S. 522 | **Dardanellen** | Meerenge zwischen Griechenland und der Türkei |
| | **Pangermanismus** | Bestrebung, alle Deutschen in einem Staat zu vereinigen |
| S. 523 | **Cäsaro-Papismus** | Herrschaftsform, bei der der weltliche Herrscher zugleich der kirchliche Herrscher ist |
| S. 525 | **Zodiakus** | die Tierkreiszeichen, Folge der zwölf Sternbilder |
| S. 529 | **Scholastiker** | Anhänger der Lehre der Scholastik, einer philosophischen Richtung, die gegen Ende des 11. Jahrhunderts entstand. Die Scholastik war sehr rational geprägt und stellte die menschliche Vernunft in den Vordergrund. „Scholastiker" auch abwertend für einen rein verstandesmäßigen, spitzfindigen Menschen |
| S. 531 | **Akelei oder Aquilegia** | Hahnenfußgewächs |

| | | |
|---|---|---|
| S. 531 | **Ranunku-lazeenart** | eine Art des Hahnenfußgewächses |
| S. 543 | **Fatum** | Schicksal |
| | **Faktum** | Tatsache, Ereignis, Vorgang |
| S. 544 | **Heliozentri-sche These** | auf die Sonne als Mittelpunkt bezogen |
| | **Voluntarismus** | Lehre, dass der Wille das Grundprinzip alles Seins und Geschehens sei |
| S. 548 | **Interlokutor** | Gesprächspartner |
| S. 559 | **Friktion** | Reibung, Widerstand |
| | **Rabulistik** | Haarspalterei, Wortverdreherei |
| S. 566 | **Ring des Polykrates** | Ballade von Friedrich Schiller um einen griechischen Tyrannen |
| S. 568 | **Teleologie** | Lehre der ziel- und zweckbestimmten Ordnung von Gegenständen und Ereignissen |
| S. 570 | **Auskultation** | Abhorchen der Geräusche im Körperinnern |
| S. 571 | **Phthise** | Lungentuberkulose |
| | **Konkupiszenz** | Verlangen, Begierde |
| S. 578 | **Relegation** | Verweisung von einer Schule oder einer Hochschule |
| S. 591 | **Lungen-resektion** | Entfernung der Lunge bzw. eines Teil der Lunge |
| S. 594 | **Korona** | hier steht Korona für die fröhliche Runde am Tisch |
| S. 600 | **Judas Ischariot** | einer der zwölf Apostel; verriet Jesus für 30 Silberlinge und erhängte sich nach Jesus' Verurteilung (Mt 27,3). Nach der Apostelgeschichte (Apg 1, 18) hat er sich nicht erhängt, sondern ist „vornüber gestürzt und mitten entzweigeborsten, sodass alle seine Eingeweide hervorquollen" |
| S. 603 | **Talmud** | jüdische Sammlung von Religionsgesetzen |

| | | |
|---|---|---|
| S. 603 | **Gojim** | jüdischer Begriff für Nicht-Juden |
| S. 611 | **Alumnen** | Schüler an einer Ausbildungsstätte für Geistliche |
| S. 634 | **Illuminaten** | aufklärerische Geheimgesellschaft des 18. Jahrhunderts |
| S. 652 | **Katarakt** | Wasserfall |
| S. 656 | **Breeches** | knielange Sporthose |
| S. 664 | **Burnus** | Kapuzenmantel der Beduinen |
| S. 675 | **Propyläen** | Vorhalle griechischer Tempel |
| S. 676 | **Tunika** | langes, hemdähnliches, weißes Gewand; römisches Kleidungsstück für Männer und Frauen |
| S. 701 | **Isis** | altägyptische Göttin |
| | **Eleusis** | Eleusis steht hier in Zusammenhang mit den Eleusinischen Mysterien: Initiations- und Weiheriten des Demeter- und Persephonekultes |
| S. 704 | **Mazzini** | italienischer republikanischer Freiheitskämpfer (1805–1872) |
| | **Garibaldi** | italienischer Freiheitskämpfer und Politiker (1807–1882) |
| S. 711 | **Versifex** | Verseschmied |
| S. 712 | **Sanguiniker** | Mensch mit lebhaftem Temperament |
| S. 717 | **Preußischer Friedrich** | Friedrich II., auch Friedrich der Große oder der Alte Fritz genannt; König von Preußen (1712–1786) |
| S. 726 | **Larynx** | Kehlkopf |
| S. 768 | **Somnambulismus** | Schlafwandeln |
| S. 769 | **peremtorisch** | vernichtend |
| S. 772 | **Chaiselongue** | Liege |
| S. 774 | **Troika** | russischer, mit drei Pferden bespannter Wagen |
| S. 780 | **Allotria** | Unfug |

| | | |
|---|---|---|
| S. 781 | **Deroute** | (veraltet) überstürzte Flucht |
| | **Gethsemane** | Garten, in dem Jesus Christus in der Nacht vor seiner Kreuzigung betete und festgenommen wurde |
| S. 783 | **Galimathias** | unverständliches Gerede |
| S. 790 | **Fauteuils** | Armsessel |
| | **Baldachin** | Stoffdach über einem Thron oder über einem Bett |
| S. 792 | **Antipyretikum** | fiebersenkendes Mittel |
| | **Chinin** | ein Fiebermittel |
| S. 793 | **Pharmakologie** | Wissenschaft von den Arzneimitteln |
| | **Alkaloid** | Heil- und Rauschmittel |
| S. 795 | **Strychnin** | Gift, in kleinen Dosen Heilmittel zur Anregung von Kreislauf und Atmung |
| S. 802 | **Expektorationen** | Aushusten von Schleim, Auswurf |
| | **Gregor der Große** | Der Heilige Gregor I., genannt der Große (540–604), war Papst. Er gilt als einer der bedeutendsten Päpste überhaupt und ist der jüngste der vier großen lateinischen Kirchenlehrer der Spätantike. Dem katholischen Messbuch gab Gregor in der Liturgie seine noch heute gültige Form. |
| S. 807 | **Pleonasmen** | Häufung sinnverwandter Ausdrücke |
| S. 812 | **Indulgenz** | Milde |
| S. 819 | **Transsubstantiation** | Wesensänderung |
| S. 843 | **Antidoten** | Gegengifte |
| S. 848 | **Palingenesie** | Wiedergeburt |
| | **Hydrostatik** | Lehre von den ruhenden Flüssigkeiten und Gasen und ihren im Gleichgewicht befindlichen Kräften |
| S. 860 | **Apperzeption** | Wahrnehmung |

| | | |
|---|---|---|
| S. 861 | **Streptokokken** | kugelförmige, schnurartig zusammenhängende Bakterien, Eitererreger |
| S. 862 | **Tuberkeln** | hier im Sinne von Tuberkelbakterien: Erreger der Tuberkulose |
| S. 866 | **Persistenz** | Ausdauer |
| | **Quieszierung** | Untätigkeit |
| S. 867 | **rektifizieren** | bereinigen, berichtigen |
| S. 868 | **Memorandum** | Denkschrift |
| S. 886 | **Felonie** | Treuebruch gegenüber dem Lehnsherren |
| S. 912 | **Plafond** | Zimmerdecke |
| | **Karmesin** | roter Farbstoff |
| S. 927 | **Millöcker** | österreichischer Operettenkomponist (1842–1899) |
| S. 934 | **Eklampsie** | lebensbedrohender Krampfanfall während der Schwangerschaft |
| S. 935 | **Gounod** | französischer Komponist (1818–1893); komponierte die Oper *Faust* (dt. Titel: Margarete) |
| S. 940 | **Raptus** | plötzlicher Wutanfall |
| S. 950 | **atavistisch** | einem früheren Stadium der Menschheit entsprechend |
| S. 951 | **Haeckel** | deutscher Zoologe und Philosoph, der die Arbeiten von Charles Darwin in Deutschland bekannt gemacht und hinsichtlich einer Abstammungslehre des Menschen ausgebaut hat (1834–1919). |
| S. 964 | **Realinjurie** | (rechtswissenschaftlich) Beleidigung durch Tätlichkeit |

## 3.6 Stil und Sprache

ZUSAMMENFASSUNG

- Die Verwendung der Leitmotivtechnik ist eines der Hauptmerkmale der Stilistik Thomas Manns. Einige der wichtigsten Leitmotive des Romans werden in diesem Kapitel erläutert. Die Leitmotivtechnik übernimmt Mann von der Musik, wo sie in meisterlicher Weise von Richard Wagner eingesetzt wurde.
- Thomas Mann gilt als ironischer Autor par excellence. Die Verwendung von ironischen Stilmitteln dient unter anderem der Distanzierung des Autors zu seinen Figuren; auch können Dinge mitgeteilt werden, die eigentlich nicht gesagt werden dürfen. Aussagen werden in ihr Gegenteil verkehrt oder in ihrem Verständnisbereich erweitert.
- Auf die Bedeutung der Verwendung von medizinischen Fachtermini und der Einflechtung von Textreferenzen wird hingewiesen.

### Leitmotivtechnik

Richard Wagner

Die Handlung des Romans ist ohne das Verständnis der von Thomas Mann eingesetzten Leitmotivtechnik nicht zu erfassen. Leitmotive, ein aus der Musik stammendes und dort in besonderer Weise von Richard Wagner verwendetes Stilmittel, adaptierte Mann für seine literarische Produktion. Paul Altenberg weist auf die Gemeinsamkeiten von Thomas Manns erzählerischen Werken und der Musik hin, wenn er schreibt:

> „Die polyphone Struktur der Dichtungen braucht Motive und Motivverbindungen, Themen, die in Interrelationen und Variationen wiederkehren und Inhalt, Form und Grenze des Gefüges bestimmen. Die Motive werden in thematischer Arbeit verändert, sie kehren in Verwandlungen zurück, ganz oder in Motivstücke zersprengt … Es gibt, genau gesehen, keine unveränderte Wiederholung des bereits Gelesenen oder (in der Musik) des Gehörten, schon deshalb nicht, weil der Leser oder Hörer nicht mehr unvorbereitet, nicht mehr ‚naiv' ist, wie er es beim ersten Male war. Die Wirkung der Musik beruht zu einem gewissen Teil überhaupt auf Wiederholung. In ihr und ebenso in der ihr verwandten Struktur der Thomas Mann'schen Romane bewirkt die Wiederholung nicht nur die Befestigung bestimmter Ton- und Klangverbindungen, sondern erschließt – schon durch die beunruhigende Tatsache ihrer Wiederholbarkeit, ihrer Erhebung aus dem Einmaligen eines geschichtlichen Vorgangs – ihre Tiefe, ihre Wirklichkeit, ihre Bedeutung, die ihnen als zeitlosen, potenziell immer gegenwärtigen, geistigen Vorgängen zukommt."[29]

Wiederholung

Auch frühere Werke des Autors waren bereits mit Leitmotiven ausgestattet. Im *Zauberberg* jedoch perfektioniert er seine Technik insoweit, als dass das Verständnis dieser nun von elementarer Bedeutung für den Fortgang der Handlung ist. Einzelne Leitmotive tauchen im *Zauberberg*, wie in späteren Romanen Manns, nicht mehr nur in ihrer bloßen Wiederholung auf, sie stiften gänzlich neue Sinnzusammenhänge und lassen das Werk in all seinen Facetten verständlicher werden. Dies gilt besonders für Stellen im Werk, die der äußeren Handlung nach als eher nebensächlich zu

Neue Sinnzusammenhänge

29 Altenberg, S. 368 f.

bezeichnen sind. Die Verwendung der Leitmotive ist es auch, die Thomas Mann veranlasste, darauf zu beharren, dass der Leser des Romans diesen zweimal lesen müsse, um ihn in seiner Gesamtheit, also „nicht nur nach rückwärts, sondern auch nach vorwärts deuten zu können“[30]. Einige ausgewählte Leitmotive sollen im Folgenden exemplarisch verdeutlichen, wie Thomas Mann mit diesem Stilmittel arbeitete.

Wichtiges Stilmittel

Ein wichtiges Beispiel für die Leitmotivtechnik ist die Liebesnacht zwischen Clawdia Chauchat und Hans Castorp. Von dieser Begegnung erfährt der Leser allerdings nur indirekt und zwar im Unterkapitel *Walpurgisnacht* durch Clawdias Aufforderung an Hans Castorp, er solle nicht vergessen, ihr den **Bleistift** zurückzugeben (vgl. S. 473). Durch die spätere Bemerkung des Erzählers, Hans habe ihr den Bleistift zurückgegeben, wird diese Liebesnacht noch einmal bestätigt (vgl. S. 478).

Der Bleistift als Leitmotiv

Der Grund dafür, dass der Leser des Werkes erkennen kann, dass es sich bei der beschriebenen Szene um eine Liebesnacht handelt, liegt darin, dass der Bleistift

> „leitmotivisch bedeutungsgeladen ist mit der homoerotischen Knabenliebe zu Přibislav Hippe, mit der ‚horizontalen Lage‘, mit der Entwürdigung … mit asiatischer Triebhaftigkeit, mit Aufhebung des bürgerlichen Form- und Ordnungsbewusstseins. Die realistische Oberfläche enthüllt sich als Schein.“[31]

Walpurgisnacht

Vorbereitet wird diese Szene der *Walpurgisnacht*, die in der Mitte des Romans platziert ist und den ersten Teil des Werkes abschließt, bereits mit der Schilderung der ersten Bleistiftepisode

---

30 Vgl. Mann, *Reden und Aufsätze*, S. 611.
31 Kurzke, *Thomas Mann. Epoche – Werk – Wirkung*, S. 197.

ab Seite 167 im Abschnitt *Hippe*. Hier träumt Hans Castorp der äußeren Handlung nach von seinem ehemaligen Schulkameraden Přibislav Hippe, bei dem er sich für die Zeichenstunde einen Bleistift geborgt hatte. Erst mit dem Wissen um die Geschehnisse in der *Walpurgisnacht* zwischen Madame Chauchat und Hans wird deutlich, dass der Traum Castorps keineswegs Hippe zum Inhalt hatte, sondern Clawdia, deren Äußeres an dieser Stelle des Romans mit dem Přibislav verschmolzen ist.

Deutung eines Traumes

Anspielungen auf *Faust*

Weitere Anspielungen bezieht das Unterkapitel aus Goethes *Faust*, wenn Hans die Rolle des Faust einnimmt, während Settembrini, der im ersten Teil der *Walpurgisnacht* noch über Clawdia dominiert, „die Rolle des Aufklärers Mephisto“ [32] ausfüllt. Selbst der Titel des Unterkapitels ist eine direkte Anlehnung an das Drama Goethes. Auch dort ist eine Szene mit *Walpurgisnacht* überschrieben (vgl.: *Faust*, Verse 3835–4222). Die Leitmotive bilden also auch Querverweise zu anderen Werken, um so weitere Assoziationsketten beim Leser ins Bewusstsein zu rufen.

> „Die Entschlüsselung der Zitate liefert … erst die Voraussetzung für das Erfassen ihrer eigentlichen erzählerischen Funktion. Das Karnevalsfest, das im Walpurgisnacht-Abschnitt des ‚Zauberbergs‘ beschrieben wird, findet realiter am 29. Februar statt. Thomas Mann aber setzt es durch die Überschrift des Abschnittes mit den Ereignissen gleich, die sich in Goethes ‚Faust‘ in der Walpurgisnacht, und das heißt in der Nacht vom 30. April auf den 1. Mai, abspielen und verunsichert damit die raum-zeitliche Orientierung des Lesers.“ [33]

---

32 Ebd., S. 200.
33 Børge Kristiansen in: Koopmann (Hrsg.), *Thomas-Mann-Handbuch*, S. 832.

Die Leitmotivtechnik im *Zauberberg* ist in ihrer Formvollendung vielfältig und komplex. Ebenso wie den Bleistift nutzt Thomas Mann das **Rauchen** als Leitmotiv. Das Rauchen, als Verfallsmotiv bereits aus den *Buddenbrooks* bekannt, wird im *Zauberberg* als antibürgerliche Eigenschaft verwendet. Hans Castorp, Hofrat Behrens und Clawdia Chauchat sind Raucher. Alle unterliegen dadurch dem Verfall. Sie wissen, dass das Rauchen schädlich ist und sympathisieren somit mit dem Tod. Ihr Rauchen ist stiller Protest gegen alles Lebensbejahende und Bürgerliche. Das Rauchen vernebelt die Sinne, ist Genuss und Zeichen für Disziplinlosigkeit, die sich bei Hans in Faulheit äußert. Seine bevorzugte Zigarre ist die Maria Mancini, die „bräunliche Schöne" (S. 350), wie Hofrat Behrens sie bezeichnet. Sowohl Hans als auch Behrens, der „Kenner und Liebhaber" (S. 350) von Zigarren ist, schreiben ihren Zigarren weibliche Eigenschaften zu. Somit erhält das Leitmotiv des Rauchens eine erotische Komponente.

Das Rauchen als Leitmotiv

Erotik

Das Erotische wird außerdem dem Leitmotiv **Russland/russisch** zugeschrieben. Zu Beginn des Romans sind es die russischen Nachbarn Castorps, die sich mit „Ringen, Kichern und Keuchen" (S. 59) der körperlichen Liebe hingeben. Joachims „russische Grammatik" (S. 93), die er während der Liegekur studiert, „weil er, wie er sagte, dienstlichen Vorteil davon erhoffte" (S. 93), dient nicht nur der Charakterisierung Joachims, sondern ist vielmehr mit anderen, dem Russischen zugeschriebenen Eigenarten verwoben.

Russland/russisch als Leitmotiv

Das dichte Motivgeflecht des Romans aufzuschlüsseln, ist hier nicht möglich, deshalb sei an dieser Stelle nur darauf hingewiesen, dass „seine [Manns] raffinierten, das Geschehen eigentlich strukturierenden Ketten von Leitmotiven ... in der neueren Forschung dazu geführt (haben), das Werk eher als allegorisches Spiel mit mythischen und literarischen Vorlagen ... zu erschließen"[34].

Das dichte Motivgeflecht des Romans

---

34 Walter Jens (Hrsg.), S. 91.

## Ironischer Stil

Entgegen der traditionellen Erzählweise des späten 18. und 19. Jahrhunderts verfährt Thomas Mann in einem viel moderneren Sinne, wenn er beispielsweise scheinbare Nebensächlichkeiten, die zum Fortgang der Handlung nicht beitragen, in den Mittelpunkt des Erzählens stellt. So rückt mitunter die Schilderung eines Mittagessens oder die ausführlich beschriebene Ankunft und Abreise verschiedenster Nebenfiguren ins Zentrum des Geschehens. Andererseits werden wichtige Ereignisse wie die Liebesnacht zwischen Hans Castorp und Clawdia Chauchat vergleichsweise nebensächlich behandelt. Die weitgehende Schilderung der betreffenden Szene in französischer Sprache dient der zusätzlichen Verschleierung des Geschlechtsaktes, von dem der Leser nur durch spärliche Andeutungen erfährt. Die ersten drei Wochen des Aufenthaltes des Helden im Sanatorium werden in aller Ausführlichkeit und auf knapp einem Viertel des Gesamtumfanges beschrieben, während das äußere Geschehen im Folgenden immer knapper kommentiert wird. Hinzu treten jetzt immer ausführlicher werdende philosophische Abhandlungen, von denen die Thematisierung der Zeit einen großen, auf vielen Seiten beschriebenen und für manchen Leser vielleicht unzumutbaren Raum einnimmt. Die *Walpurgisnacht* schließt den ersten Teil des Romans ab. An dieser Stelle sind sieben Monate der Handlung vergangen (vgl. S. 444), für deren Beschreibung der Autor immerhin die ersten fünf von sieben Kapiteln benötigt. Die knapp sechseinhalb Jahre, die Hans Castorp noch bis zum Kriegsausbruch bleiben, werden in den noch ausstehenden zwei Kapiteln sechs und sieben erzählt, die allerdings wiederum die Hälfte des gesamten Romans ausmachen.

Neben-sächlichkeiten

Verschleierung

Thema: Zeit

Ironische Brechung

Auch ein Blick auf vermeintliche Details des Romans macht die ironische Behandlung des Materials deutlich. Häufig sind die Figurenbeschreibungen, die Darstellungen von Physiognomie, Kleidung und Namen ganz offensichtlich ironisch zu verstehen. Dieses Stilmittel dient vor allem einer Distanzierung des Autors zu seinen Figuren, was in der bereits zitierten Passage über Behrens' Erscheinung deutlich wird:

Beispiel: Hofrat Behrens

> „Er war ein knochiger Mann, wohl drei Köpfe höher als Dr. Krokowski, schon ganz weiß auf dem Kopf, mit heraustretendem Genick, großen, vorquellenden und blutunterlaufenen blauen Augen, in denen Tränen schwammen, einer aufgeworfenen Nase und kurz geschnittenem Schnurrbärtchen, das schief gezogen war, und zwar infolge einer einseitigen Schürzung der Oberlippe." (S. 68)

Die Ironie eröffnet dem Autor die Möglichkeit, Sachverhalte mitzuteilen, die eigentlich nicht gesagt werden können oder sollen. Mit ihrer Hilfe ist es möglich, Aussagen in ihr Gegenteil zu verkehren oder in ihrem Verständnisbereich zu erweitern. Die hier schon fast karikaturistisch wirkende Figurenbeschreibung des Hofrates trägt dazu bei, seinen Status als Autorität zu untergraben und schlussendlich auch seine medizinischen Fähigkeiten kritisch zu hinterfragen.

## Sprache

Medizinische Fachtermini

Sprachlich lässt sich in gehäufter Weise die Verwendung von Fachtermini beobachten. Besonders die medizinischen Fachwörter fordern eine intensivere Beschäftigung des Lesers mit dem Stoff. Die detaillierte Schilderung der Sanatoriumswelt rundet das Bild einer medizinischen Einrichtung ab. Zudem unterstützen komplexe syntaktische Strukturen, die sich durch den gesamten Roman ziehen, diesen Eindruck.

Textreferenzen

Thomas Mann webt in seine Handlung Textreferenzen ein. Diese Anspielungen markieren, soweit sie unseren Helden betreffen, seine Bildungsstatur. Hans verfügt zwar über eine solide bürgerliche Bildung, aber er ist nicht in der Lage, über diese hinauszuwachsen. Zudem scheitern seine Bildungsbestrebungen.

Beispiele

Es lassen sich eine Fülle von Textreferenzen ausmachen, die zum Teil in abgewandelter Form auftreten. Exemplarisch sei verwiesen auf:

- ***Am Brunnen vor dem Tore, da steht ein Lindenbaum* von Wilhelm Müller (Vertonung: Schubert):** „Ich schnitt in seine Rinde/So manches liebe Wort –" (S. 983, vgl. auch S. 894)
- ***Faust I* (Szene: Nacht) von Goethe:** „Es möchte kein Hund … so oder ähnlich noch viel länger leben." (S. 306)
- **Oper *Aida* von Verdi:** „… war es schon des Melodramas letzte Szene, die er vernahm: das Schlussduett des Radames und der Aida." (S. 886)
- **Oper *Carmen* von Bizet:** „O folg uns in felsige Klüfte,/wilder, doch rein wehn dort die Lüfte –" (S. 893)

## 3.7 Interpretationsansätze

ZUSAMMEN-FASSUNG

- → *Der Zauberberg* lässt sich auf vielerlei Arten deuten. Diese Offenheit im Hinblick auf die Interpretation macht ihn zu einem bedeutsamen Kunstwerk. Im Folgenden stellen wir die bis heute wichtigsten Ansätze der Forschung vor.
- → Eingegangen wird auch auf die Unterschiede zwischen ‚Flachland' und ‚Bergwelt' sowie auf die Art und Weise, wie Thomas Mann mit diesem Gegensatzpaar arbeitet.
- → Das Unterkapitel *Schnee* stellt eine der Hauptepisoden des Romans dar. Wir gehen näher darauf ein.
- → Die Rolle Mynheer Peeperkorns, die als letzte der Hauptfiguren eingeführt wird, hat verschiedene Konsequenzen für die Fortführung des Handlungsverlaufes. In einem Punkt unserer Interpretationsansätze stellen wir diese Konsequenzen ausführlich dar.

Ein Blick auf die Rezeptionsgeschichte des *Zauberbergs* macht deutlich, dass es seit der Erstpublikation des Romans ein Bestreben der Forschung nach schlüssigen Interpretationsmöglichkeiten gibt. Jedoch muss jedem klar sein, dass keine dieser bis zum heutigen Tage in die Forschungsdiskussion eingebrachten Deutungsperspektiven eine allumfassende Antwort auf die aus der Lektüre des Romans entstehenden Fragen gegeben hat. Die nachfolgenden Überlegungen zu einzelnen Interpretationsansätzen können selbstverständlich nicht in aller Ausführlichkeit behandelt werden. Weitere Forschungsperspektiven werden im Kapitel Rezeptionsgeschichte kurz benannt, jedoch nicht ausführlich erläutert.

Keine allumfassenden Antworten

Viele Interpretationsansätze

Der *Zauberberg* ist eines der meistinterpretierten Werke Thomas Manns. Vielseitig sind dementsprechend die zahlreichen Interpretationsversuche der Literaturwissenschaft. Aus der Fülle der *Zauberberg*-Interpretationen haben sich im Laufe der Zeit einige gängige Interpretationsmöglichkeiten herausgebildet, die jedoch – wie alle bisher gebotenen Deutungsversuche – nicht immer unproblematisch sind.

Zeitroman?

Mann selbst bevorzugte in späteren Äußerungen die Deutung als Bildungsroman. In seinem Vortrag *Einführung in den ‚Zauberberg' für Studenten der Universität Princeton* vom Mai 1939 stellt der Schriftsteller aber die Konzeption als Zeitroman heraus:

> „Er ist ein Zeitroman in doppeltem Sinn: einmal historisch, indem er das innere Bild einer Epoche, der europäischen Vorkriegszeit, zu entwerfen versucht, dann aber, weil die reine Zeit selbst ein Gegenstand ist, den er nicht nur als die Erfahrung seines Helden, sondern auch in und durch sich selbst behandelt." [35]

Bildungsroman?

Mehrfach wurde versucht, den *Zauberberg* als Bildungsroman im klassischen Sinne zu deuten. Hermann Kurzke betont jedoch, dass die Geschichte des Helden „in seiner Basisstruktur zunächst einmal die einer Verfallsgeschichte ist" [36] und von daher eigentlich kein Bildungsroman sein könne. Hans, von Haus aus mit bürgerlicher bis großbürgerlicher Erziehung und Lebensweise bedacht, erlebt in seiner Geschichte, die in den Ausbruch des Ersten Weltkrieges mündet, eine gebrochene Entwicklung, eine Entbürgerlichung und in diesem Sinne mitunter auch eine „Entbildung", wenn er gegen Ende des Romans in der anonymen Masse der zum Kampf verurteilten Soldaten untergeht.

35 Mann, *Reden und Aufsätze*, S. 611.
36 Kurzke, *Thomas Mann. Epoche – Werk – Wirkung*, S. 209.

Entbürgerlichung

Schon der Beginn des Romans, die Reise Hans Castorps auf den Zauberberg, ist ein erster Schritt in die Entbürgerlichung. Die Welt des Sanatoriums ist das genaue Gegenteil der gutbürgerlichen Welt Hamburgs, einer Stadt, die maßgeblich geprägt ist durch ihre große Handelstradition, die sich mit Ordnung und Disziplin verbindet. Das Sanatorium hingegen steht – gleichbedeutend mit Krankheit und Tod – als ein Symbol des Verfalls. Abgeschnitten von der Welt des ‚Flachlandes', erscheint es dem Leser von Beginn an als eine mystische, traumverlorene Welt, in die der Held des Romans hineingestoßen wird.

Zeitlosigkeit und Pflichtvergessenheit

Der Ort der Handlung reißt die Patienten des Sanatoriums aus ihren gewohnten bürgerlichen Verhaltensweisen, versetzt sie in einen Zustand der Zeitlosigkeit und verführt sie durch seine Abgeschiedenheit und die damit einhergehende Lebensweise zu Passivität, Pflichtvergessenheit und Faulheit. Die auf dem Zauberberg lebenden und arbeitenden Personen scheinen bis auf Settembrini und Naphta wenig geeignet, Hans tiefgreifende Lebenserkenntnisse mit auf den Weg zu geben. Die Verführung zu Passivität und Bequemlichkeit kommt Castorps Naturell entgegen. Schon die ersten Tage seines Aufenthalts verbringt er damit, früh morgens ein Glas Portwein zu trinken und sich im Anschluss daran in aller Gemütlichkeit an einer guten Zigarre zu erfreuen. Den Verlockungen kann sich Hans Castorp auch durch die Warnungen des aufklärungsoptimistischen Settembrini nicht entziehen. Im Gegenteil: Ab dem Unterkapitel *Walpurgisnacht* verliert der Italiener endgültig die pädagogische Kontrolle über seinen Schützling. Hans verfällt der Russin Clawdia Chauchat, die mit ihrer asiatischen Unordentlichkeit, Achtlosigkeit und Unpünktlichkeit, die von Anbeginn ihrer Einführung im Roman immerzu herausgestellt wird, gut zu Castorps Neigung zu Bequemlichkeit und Träumerei passt. Im Hinblick auf diese erotische Komponente des Romans kann vom Zau-

Gemütlichkeit Castorps

Venusberg

berberg gleichsam als Venusberg[37] gesprochen werden, dessen Versuchungen Hans auf Dauer nicht widerstehen kann.

Clawdia als Femme fatale

„Die Chauchat erscheint als Femme fatale. Sie hat als Venus viele Männer. Zur Ehe und zur Mutterschaft taugt sie jedoch nicht. Sie ist zwar verheiratet, aber ihr Ehemann wohnt irgendwo hinter dem Kaukasus. In seiner Liebe zu dieser asiatischen Schönheit zerbricht Castorp die bürgerlichen Formen; er verfällt, nach der Intoxikation, der Zauberkraft seiner Kirke und gibt damit seiner inneren Neigung zu Faul- und Lotterbett vollends nach.“[38]

Verstand versus Sinnlichkeit

Der erste Teil des Werkes bis zur *Walpurgisnacht* kann daher als ein Konflikt zwischen Verstand und Sinnlichkeit bezeichnet werden, die durch Settembrini auf der einen und Chauchat auf der anderen Seite verkörpert werden. Clawdia gewinnt am Ende die Überhand, Settembrini muss machtlos zusehen, wie sein Schüler Opfer seiner sexuellen Begierde wird.

Naphta und Peeperkorn

Der zweite Teil des Romans bringt neue geistige Komponenten ins Spiel, die zunächst anhand der Figur Naphta festgemacht werden können und schließlich im weiteren Verlauf der letzten beiden Kapitel noch um Peeperkorn erweitert werden. Durch diese beiden Figuren und ferner durch das Unterkapitel *Schnee* stellt Thomas Mann, folgt man den Überlegungen von Hans Wysling, den Versuch an, Hans Castorp „durch positive Zielsetzungen aus seiner Passivität zu befreien“[39]. Was die unzähligen Auseinandersetzungen zwischen Settembrini und Naphta, der in diesem zwei-

---

37 Bekannter Topos der Literatur: Ort der Zügellosigkeit und Wollust, in dem die Zeit nahezu stillsteht; in Wirklichkeit aber ist lange Zeit vergangen, wenn der Besucher den Ort wieder verlässt.
38 Hans Wysling in: Koopmann (Hrsg.), *Thomas-Mann-Handbuch*, S. 406.
39 Ebd., S. 408.

ten Teil offenkundig den Gegenpart des italienischen Humanisten einnimmt, in Hans Castorp zunächst auslösen, ist eine große Verwirrung, die er anfangs nicht zu überwinden weiß:

Große Verwirrung

> „Ach, die Prinzipien und Aspekte kamen einander beständig ins Gehege, an innerem Widerspruch war kein Mangel, und so außerordentlich schwer war es zivilistischer Verantwortlichkeit gemacht, nicht allein, sich zwischen den Gegensätzen zu entscheiden, sondern auch nur, sie als Präparate gesondert und sauber zu halten, dass die Versuchung groß war, sich kopfüber in Naphta's ‚sittlich ungeordnetes All' zu stürzen. Es war die allgemeine Überkreuzung und Verschränkung, die große Konfusion, und Hans Castorp meinte zu sehen, dass die Streitenden weniger erbittert gewesen wären, wenn sie ihnen selbst nicht beim Streite die Seele bedrückt hätte." (S. 640)

„An Widerspruch war kein Mangel ..." (S. 640)

Im darauffolgenden Unterkapitel *Schnee* erkennt Hans Castorp nach seinem Traum, dass sowohl Settembrini als auch Naphta wenn überhaupt nur einen Teil der Wahrheit für sich in Anspruch nehmen können:

Erkenntnis Castorps

> „... sie sind beide Schwätzer. Der eine ist wollüstig und boshaft, und der andere bläst immer nur auf dem Vernunfthörnchen und bildet sich ein, sogar die Tollen ernüchtern zu können, das ist ja abgeschmackt. Es ist Philisterei und bloße Ethik, irreligiös, soviel ist ausgemacht. Doch will ich's auch mit des kleinen Naphta Teil nicht halten, mit seiner Religion, die nur ein guazzabuglio von Gott und Teufel, Gut und Böse ist, eben recht, damit das Einzelwesen sich kopfüber hineinstürze, zwecks mystischen Untergangs im Allgemeinen. Die beiden Pädagogen! Ihr Streit und ihre Gegensätze sind selber nur ein guazzabuglio und ein

„Philisterei und bloße Ethik ..." (S. 678)

> verworrener Schlachtenlärm, wovon sich niemand betäuben lässt, der nur ein bisschen frei im Kopfe ist und fromm im Herzen." (S. 678)

Die Situation, mit der sich Hans im Unterkapitel *Schnee* konfrontiert sieht, ähnelt der zu Beginn seiner Reise in vielerlei Hinsicht. Seine Wanderung vom ‚Berghof' hinaus in die wilde Landschaft führt ihn in die Orientierungs- und Zeitlosigkeit. Von einem Schluck Portwein, der ihn an das Kulmbacher Bier erinnert, das er am ersten Abend seines Aufenthalts im Sanatorium getrunken hatte, zum Dösen gebracht, träumt er von einer „verständig-heitere(n), schöne(n) junge(n) Menschheit" (S. 672). Sein Traum führt ihn in eine Art Paradies, dessen Bewohner sich mit „große(r) Freundlichkeit und gleichmäßig verteilte(r) höfliche(r) Rücksicht" (S. 674) behandeln. Es ist

Traum

> „eine leichte und unter Lächeln verborgene Ehrerbietung, die sie einander, unmerklich fast und doch kraft einer deutlich durch alle waltenden Sinnesbindung und eingefleischten Idee, auf Schritt und Tritt erwiesen; eine Würde und Strenge sogar, doch ganz ins Heitere gelöst und einzig als ein unaussprechlicher geistiger Einfluss undüsteren Ernstes, verständiger Frömmigkeit ihr Tun und Lassen bestimmend – wenn auch nicht ohne alles Zeremoniell" (ebd.).

Eine „eingefleischte Idee"

Der zweite Teil des Traumes fügt diesem eine furchterregende Dimension hinzu. In einer Tempelkammer erblickt Hans

Hexentraum

> „zwei graue Weiber, halbnackt, zottelhaarig, mit hängenden Hexenbrüsten und fingerlangen Zitzen, [sie] hantierten dort drinnen zwischen flackernden Feuerpfannen aufs grässlichste.

> Über einem Becken zerrissen sie ein kleines Kind, zerrissen es in wilder Stille mit den Händen … und verschlangen die Stücke." (S. 676)

Als die Hexen ihn entdecken und ihn im „Volksdialekt" (ebd.) seiner Heimat – stimmlos – beschimpfen und nach ihm greifen wollen, erwacht er. Noch im Halbschlaf führt er sein „Traumgedicht vom Menschen" (S. 679), wie er es nennt, mit folgenden Worten zu Ende:

„Ich will gut sein." (S. 679)

> „Ich will gut sein. Ich will dem Tode keine Herrschaft einräumen über meine Gedanken! Denn darin besteht die Güte und Menschenliebe, und in nichts anderem … Der Mensch soll um der Güte und Liebe willen dem Tode keine Herrschaft einräumen über seine Gedanken." (ebd.)

Herr aller Gegensätze

Mit diesem Resultat schließt Castorp mit den Widersprüchlichkeiten Settembrinis und Naphtas vorerst ab, um sich selbst wie auch alle anderen Menschen zum „Herr(n) der Gegensätze" (ebd.) zu machen, wie Hans Wysling ausführt.[40]

Das Charisma des Mynheer Peeperkorn

Mynheer Peeperkorn wird auf Seite 751 vorgestellt. Rein konzeptionell ist seine Einführung von großem Belang, da die Streitigkeiten zwischen Naphta und Settembrini nach dem Unterkapitel *Schnee* und Castorps darin gewonnener Quintessenz aus seinem Traum praktisch keinerlei Bedeutung mehr für Hans Castorp haben.[41] Im Gegensatz zu Naphta und Settembrini überzeugt Peeperkorn Hans Castorp nicht durch große Worte, sondern durch seine charismatische Erscheinung. In Bezug auf Clawdia, die nun als Begleiterin des Holländers in Erscheinung tritt,

---

40 Hans Wysling in: Koopmann (Hrsg.), *Thomas-Mann-Handbuch*, S. 416.
41 Ebd.

> „wird [Hans Castorp] sogar zum Vorbehalt gegenüber seinen eigenen Affekten fähig. Deswegen lässt er, wenn Chauchat als Mätresse Peeperkorns zurückkehrt, nicht die Eifersucht von sich Besitz ergreifen, obwohl diese durchaus kräftig nach ihm greift und obwohl Settembrini den Beherrschten überdies noch wegen Gefühlskälte verspottet.“ [42]

„Mann von Format“ (S. 789)

Die Anwesenheit Peeperkorns bewirkt eine Loslösung Hansens von Clawdia. „Er ließ sich … nicht beirren in seiner aufrichtig achtungsvollen, wenn auch zuweilen etwas kecken Teilnahme für einen Mann von Format“ (S. 789), fasst der Erzähler die Bewunderung Hans Castorps für Peeperkorn zusammen, die er zuvor Clawdia auf ähnliche Weise entgegenbrachte.

Für Hermann Kurzke ist das Resultat dieser Peeperkorn-Episode

> „Castorps relative Unabhängigkeit: seine Befreiung vom Sog der Unform, seine Wendung vom Du zum Sie gegenüber Clawdia (ex negativo: das Nicht-Tragfähig-Werden des Du gegenüber Peeperkorn), der Autoritätsverlust von Naphta und Settembrini“ [43].

Gesellschaftsroman?

Die angeführten Überlegungen machen durchaus ein gewisses Bildungsergebnis deutlich. Für Michael Neumann „gelangt sein [Castorps] Bildungsweg durchaus an ein Ziel“ [44]. Für Neumann ist der *Zauberberg* aber in gleicher Weise auch als Gesellschaftsroman zu lesen:

---

42 Neumann, S. 71 f.
43 Kurzke, *Thomas Mann. Epoche – Werk – Wirkung*, S. 206.
44 Neumann, S. 71.

> „Der Gesellschaftsroman entfaltet das Panorama der letzten Jahre der bürgerlichen Epoche, um … den Weltkrieg als Konsequenz ihrer Verkommenheit zu demonstrieren … Zeigt der Gesellschaftsroman den Untergang der bürgerlichen Epoche, so stellt der Bildungsroman vor Augen, was da untergeht: Hans Castorps Bildungsweg versammelt noch einmal die besten Einsichten und Erfahrungen dieser bürgerlichen Welt.“ [45]

Untergang der bürgerlichen Epoche

Folgt man Michael Neumann, hat Thomas Mann die Gattungen des Bildungsromans und des Gesellschaftsromans miteinander so verbunden, dass

> „der Bildungsroman parodistisch aufgehoben (wird), indem er in den Gesellschaftsroman mündet, der den Helden dem Stumpfsinn und Untergang überlässt; umgekehrt wird der Gesellschaftsroman parodistisch durch den Bildungsroman konterkariert, indem dieser doch das, was Hans Castorp auf seinem Bildungsweg gewonnen hat, als erinnernswert auch noch über diesen Untergang hinaus festhält“ [46].

---

45 Ebd., S. 69 f.
46 Ebd., S. 72.

# 4. REZEPTIONSGESCHICHTE

ZUSAMMEN-FASSUNG

- Bereits die erste Auflage des Romans im Jahr 1924 war – gemessen an den Verkaufszahlen – ein großer Erfolg für Thomas Mann.
- Auch in den USA wurde der *Magic Mountain* ein großer künstlerischer und finanzieller Erfolg und stand in der Gunst der Leser lange Zeit an der Spitze der Werke des Autors.
- Die Ärzteschaft reagierte teils mit heftiger Kritik auf die Porträts der Ärzte im Roman – dies sei eine „Verunglimpfung".
- Film und Hörbuchfassungen trugen zur Popularität des Werkes bei.

Inszenierung am Maxim Gorki Theater Berlin, Regie: Stefan Bachmann, Premiere am 27.09.2008. © Cinetext/OZ

Als *Der Zauberberg* im Jahr 1924 zum ersten Mal veröffentlicht wurde, erschien der Roman in einer zweibändigen Ausgabe mit einem Umfang von knapp 1200 Seiten beim Berliner S. Fischer Verlag. Die ersten Reaktionen auf das Monumentalwerk des damals knapp 50-jährigen Autors waren gespalten. Zeigte man einerseits

Monumentalwerk

> „Achtung vor der großen geistigen Leistung [, so reagierte man andererseits] mit heftiger Ablehnung des Stoffes und der, wie man meinte, schwierigen abstrakten Diskussion, der angeblichen Dialektik des Buches. Er fand im Ganzen mehr Protest als Zustimmung, und es bedurfte erst einer gewissen Gewöhnung, um ihm den Rang zuzuerkennen, der ihm gebührt." [47]

Dennoch war bereits diese erste Auflage des Werkes, was die Verkaufszahlen anbelangte, ein außerordentlicher Erfolg. Der mit seinem Roman *Buddenbrooks. Verfall einer Familie* zu Weltruhm gelangte Autor war auch jetzt, fast zweieinhalb Jahrzehnte später, immer noch von so großer Bedeutung für die literarische Welt, dass man nicht umhinkam, jede Neuveröffentlichung des Schriftstellers mit Neugier zu erwarten und sie sofort nach deren Erscheinen zu lesen. Dies gilt auch für die internationale Rezeption des *Zauberbergs*, denn nicht nur in Deutschland wurde der Roman ein glänzender Verkaufserfolg. Nahezu zeitgleich mit der deutschsprachigen Erstausgabe wurde die ungarische publiziert, der Übersetzungen in fast alle europäischen Sprachen folgten. Auch in den Vereinigten Staaten wurde der *Zauberberg* schon sehr bald zum großen Verkaufserfolg; auch nach dem Zweiten Weltkrieg büßte der Roman in den USA nichts von seiner Popularität ein; lange stand er in der Gunst der Leser höher als andere Werke.

Großer Verkaufserfolg

Übersetzungen

---

47 Altenberg, S. 42.

Geteilte Meinungen

Die Rezension, die Ernst Robert Curtius am 9. Januar 1925 in der *Luxemburger Zeitung* veröffentlichte, kann an dieser Stelle stellvertretend für weitere stehen, die das Werk in ähnlicher Weise beurteilten:

„Ein seltsames Buch“

> „Mit leidenschaftlicher Neugier erwartete man das große Werk, an dem er, wie man wusste, seit vielen Jahren arbeitete, von dem man gelegentliche Fragmente lesen konnte und das endlich wieder den Dichter, den Epiker Thomas Mann zeigen würde, der so lange geschwiegen hatte. Nun ist es da, dieses große Werk, zwei dicke Bände mit zusammen zwölfhundert Seiten, gewichtig schon nach außen hin, die umfänglichste, farbigste, größtangelegte Romanschöpfung von Thomas Mann. Es ist ein seltsames Buch, mit dem man nicht schnell fertig ist. Der Eindruck der ersten Lektüre bleibt zwiespältig und wir vermessen uns nicht, dem Leser ein abschließendes und abgeklärtes Urteil zu unterbreiten … Es wird sich nicht kampflos durchsetzen. Es ist als Ganzes nicht voll und sieghaft überzeugend, es lässt Einwände und Bedenken zu, die sich nicht unterdrücken lassen, und die auch wir nicht unterdrücken wollen.“ [48]

Ärztliche Kritik

Besonders nachdrücklich kritisierten Mediziner den Roman. Sie

> „fühlten ihren Stand durch Thomas Manns Chefarztporträt [des Hofrats Behrens] angegriffen und setzten sich teilweise massiv zur Wehr“ [49].

---

48 Ernst Robert Curtius, *Thomas Manns ‚Zauberberg'*, in: Sauereßig, S. 51 f.
49 Sauereßig, S. 29.

In der *Kölnischen Zeitung* beschäftigte sich N.J. Moschytz ein Jahr nach Veröffentlichung des Werkes, am 7. November 1925, speziell mit der Figur des Hofrates. In seiner Einleitung schreibt er:

> „Eine Fülle von Besprechungen, Bemerkungen, Abhandlungen, in denen das Lob dieses ungewöhnlichen Romans in den verschiedensten Tonarten nicht nur von der Berufskritik gesungen wurde, kam seitdem zur Veröffentlichung, und immer noch legen neue Stimmen Zeugnis von seiner tiefgreifenden Wirkung ab.“ [50]

Allerdings weist auch er auf die zum Teil bösartige Kritik von Seiten der Ärzteschaft hin:

Offener Brief von Thomas Mann

> „In der ärztlichen Fachpresse ist eine merkwürdige Erörterung über den Roman entstanden – merkwürdig aus mehreren Gründen. Zunächst, weil einer heftigen Kritik, die von einigen Ärzten an Thomas Manns Darstellung des Lebens und Treibens in einem großen Lungensanatorium geübt wird, die Billigung und Bekräftigung eben dieser Darstellung durch andere Ärzte gegenübersteht. Sodann, weil der Dichter selbst in einem längeren ‚Offenen Brief an den Herausgeber der Deutschen Medizinischen Wochenschrift‘ in diese Erörterung eingegriffen hat.“ [51]

Literaturwissenschaft

Auch die Literaturwissenschaft brachte dem Werk Thomas Manns schon bald nach seiner Veröffentlichung großes Interesse entgegen. „Die *Zauberberg*-Forschung kann als Paradigma der

---

50 N. J. Moschytz, *Hofrat Behrens*, in: Sauereßig, S. 57.
51 Ebd., S. 58.

Thomas-Mann-Forschung überhaupt gelten. Das Interesse ist ungebrochen."[52] Als eines der meistinterpretierten Werke des Schriftstellers überhaupt, sieht man sich während einer ersten Beschäftigung mit der zum *Zauberberg* gehörenden Forschungsliteratur vor eine Fülle von Deutungsversuchen gestellt. Dabei stellen vier Interpretationsmöglichkeiten, wie sie Hermann Kurzke in seiner Monografie *Thomas Mann. Epoche – Werk – Wirkung* darstellt, die Schwerpunkte der *Zauberberg*-Forschung dar. Kurzke schildert die wesentlichen Forschungsschwerpunkte zum Roman: Zunächst betrieb die Forschung die Deutung als **Zeitroman**, dies sowohl in der BRD als auch in der DDR.

Interpretationsrichtungen

Die Problematisierung gattungstypischer Deutungen zählte in den frühen 50er und 60er Jahren des 20. Jahrhunderts zur favorisierten Deutungsperspektive, wobei die Formanalyse der Gattung im Fokus der Interpreten stand. Die Literaturwissenschaft gab hierbei der Interpretation als **Bildungsroman** den Vorrang.

Zeitroman und Bildungsroman

Eine weitere Deutungsperspektive setzt den Schwerpunkt der Interpretation auf die Untersuchung literarischer und mythologischer Anspielungen im *Zauberberg*, auf „seine raffinierten, das Geschehen eigentlich strukturierenden Ketten von Leitmotiven", um das Werk so „als **allegorisches Spiel mit mythischen und literarischen Vorlagen** … zu erschließen"[53].

Allegorisches Spiel

Die Interpretation als **„schopenhauerisierender philosophischer" Roman** versteht die Gesamtkonzeption des *Zauberbergs* als Verfallsgeschichte, wobei Hans Castorp zu Beginn des Romans auf der höchsten Stufe steht und sich dann dem Verfall hingibt.[54]

---

52 Kurzke, *Thomas Mann. Epoche – Werk – Wirkung*, S. 182.
53 Walter Jens (Hrsg.), S. 91.
54 Ebd., S. 182 f.

Filmplakat zur Verfilmung von Hans W. Geissendörfer 1981 © Cinetext/Richter

Ein Höhepunkt in der Rezeptionsgeschichte des Romans ist dessen Verfilmung durch Hans W. Geissendörfer aus dem Jahre 1981. Sie sorgte dafür, dass der *Zauberberg* unabhängig von seiner Buchform in weiten Kreisen bekannt wurde. Die hochkarätig besetzte Verfilmung liegt in zwei Versionen vor, wobei die siebenstündige Fernsehfassung die Handlung des Romans wesentlich genauer adaptiert als die zweieinhalbstündige Kinofassung.

In den letzten Jahren trugen unterschiedliche Hörbuchfassungen des Hörbuchverlages (10 CDs) und der Deutschen Grammophon (15 CDs) zur weiteren Verbreitung des Werkes bei.

Im Jahre 2000 betrug die Zahl der verkauften gebundenen Exemplare des Romans 424 000; im Taschenbuchformat wurde *Der Zauberberg* 737 000-mal verkauft.[55]

---

55 Heißerer, S. 107.

# 5. MATERIALIEN

Der folgende Abschnitt soll Anstöße für eine vertiefende Auseinandersetzung mit Thomas Manns *Zauberberg* ermöglichen.

## *Der Zauberberg* als Märchen? – von Michael Neumann

Michael Neumann weist im Kapitel *Märchen* seiner Monografie auf gattungstypische Elemente des Märchens hin, die sich im Roman wiederfinden. Er zeigt die Erweiterung der Gattung Roman um romanuntypische Spezifika auf, die aus dem romantischen Volksmärchen bekannt sind. Darüber hinaus beschreibt er die Wirkung der Zeit auf den Protagonisten und die Leserschaft:

Verlust des Zeitgefühls

„Zu den realistischen Ingredienzien der märchenhaften Zeitentrücktheit zählen etwa die meteorologischen Folgen der Höhenlage: Da es im Sommer schneien und im Winter Augustwärme geben kann, verlieren die Patienten ihr Gefühl für die Jahreszeiten; der Jahresablauf verschleift sich zum ununterscheidbaren Einerlei. In dieselbe Richtung wirkt die Tageseinteilung. Dass die Patienten sich derart häufig im Speisesaal wiederfinden, durchsetzt jeden Tag mit einer ständigen Wiederkehr des Gleichen: dass der Durchschnittspatient sich rasch daran gewöhnt, die Liegekuren mit Nichtstun zu füllen, entzieht den Tageszeiten jede charakteristische, identifizierbare Färbung. Die Zeiten fließen ohne feste Marken und also unvermerkt vorbei. Dazu kommt die Erotisierung der Atmosphäre. Ständige Verliebtheit löscht die Erinnerung an die Herkunftswelt mit ihren familiären Bindungen und beruflichen Pflichten, und macht doch auch große Leidenschaft unwahrscheinlich, die die Inhaltsleere des Lebens ‚hier oben' enthüllen können …

Die Märchenzahl Sieben

Die alte Märchenzahl Sieben, die etwa schon die Zeitentrückung des Hauff'schen Zwerg Nase regiert hat, demonstriert den zeitenthebenden Bann als ein allgegenwärtiges Ordnungsmuster. Sieben Kapitel hat der Roman. Sieben Jahre bleibt Castorp im Sanatorium. Sieben Tische stehen im Speisesaal. In Zimmer Nr. 7 wohnt Frau Chauchat. Die Nummer von Castorps Zimmer ist aus den Summenfaktoren drei und vier zusammen gesetzt: zunächst Nr. 34, im endgültigen Manuskript dann Nr. 43. Multipliziert man diese Faktoren, so ergibt sich die Zwölf: Zwölf Gäste versammelt Mynheer Peeperkorn zu seinem baccanalischen Abendmahl …

Was ihm [Hans Castorp] aber im Märchen geschieht, das tut die Magie des Erzählens dem Leser an. Zu Anfang des siebenten [!] Kapitels kann der Erzähler demonstrieren, wie der Leser nun das Bewusstsein für den Zeitablauf ebenso verloren habe wie der Held … So erhebt die Zeitentrückung das Märchen zum Bild der Kunst."[56]

---

56 Neumann, S. 66.

## Held und Autor: Gemeinsamkeiten und Unterschiede – von Hermann Kurzke

Hermann Kurzke behandelt in seiner ausführlichen Thomas-Mann-Biografie die Gemeinsamkeiten und Unterschiede von Held und Autor:

„Urkram"

Biografische Bezüge?

„Der Kern der Sache, dass ein Hamburger Patriziersöhnchen der Heimsuchung durch Tod und Eros ausgesetzt wird, ist natürlich Urkram. Aber in den Einzelheiten findet sich nur wenig Autobiografie. Das Bürgererbe war in ‚Buddenbrooks' schon verwertet worden, die Brautzeit in ‚Königliche Hoheit', die Homoerotik im ‚Tod in Venedig'. Für den ‚Zauberberg' blieb nicht genug übrig, war aber auch nicht so viel nötig. Dass Hans Castorp über die gleiche Taufschale gehalten wurde wie Thomas Mann, dass er die Butter in Form geriefelter Kügelchen zu sich nahm, dass er eine gute Erziehung genossen hat, gerade zu sitzen, keine Nägel zu kauen und keine Türen zu werfen gelernt hatte, das alles hat er von seinem Autor, auch dass er ein Erbe ist mit einem Vermögen von vierhunderttausend Mark. Aber er wächst mutterlos auf, ohne das Element, das künstlerisch macht. Er hat nur Kleidungs- und Esskultur, keine künstlerische Schaffenskraft. Anders als sein Autor macht er Abitur. Er studiert Ingenieurswissenschaften, wovon Thomas Mann gar nichts verstand, in Danzig, Braunschweig und Karlsruhe, alles keine Thomas Mann-Städte. Er ist nicht einfach ein anderes Ich des Dichters."[57]

---

57 Kurzke, *Thomas Mann. Das Leben als Kunstwerk*, S. 328 f.

# 6. PRÜFUNGSAUFGABEN MIT MUSTERLÖSUNGEN

Unter www.königserläuterungen.de/download finden Sie im Internet zwei weitere Aufgaben mit Musterlösungen.

Die Zahl der Sternchen bezeichnet das Anforderungsniveau der jeweiligen Aufgabe.

## Aufgabe 1 ***

**Stellen Sie die Figuren Lodovico Settembrini und Leo Naphta einander gegenüber.**

**Klären Sie, welche Positionen Naphta und Settembrini vertreten. Worin unterscheiden sich die Theorien und Ansichten und wo erkennen Sie Berührungspunkte und Gemeinsamkeiten? Welche Konsequenzen zieht Hans Castorp für sich aus den Verhaltensweisen der beiden?**

### Mögliche Lösung in knapper Fassung:

SETTEMBRINI

Der italienische Literat Lodovico Settembrini repräsentiert die Welt des Humanismus, der bürgerlichen Tätigkeit und der Vernunft. Dies alles sind letztlich Stichworte, die auf die geistige Sphäre des **Flachlandes** hinweisen. Er bezieht sich in seinen häufig lang andauernden Monologen auf die Errungenschaften von Renaissance und Aufklärung (vgl. S. 548), preist Persönlichkeit, Menschenrecht und Freiheit als Ideale menschlicher Existenz und ist somit als ein typischer Vertreter europäischen Geisteslebens zu bezeichnen. Interessant ist die Figur Settembrini auch im Hinblick auf den Typus des **Zivilisationsliteraten**, den Thomas Mann in den

*Betrachtungen eines Unpolitischen* beschrieb. Dort schrieb er die Rolle seinem Bruder Heinrich zu. Thomas Mann charakterisiert den Zivilisationsliteraten als jemanden, der mit seinem Schaffen in politische und gesellschaftliche Realitäten einzugreifen gewillt ist, dies unter Berufung auf Aufklärung, Humanismus und Französische Revolution.

Settembrini ist überaus interessiert an Hans Castorps Beruf als Schiffsbauingenieur und äußert sich mehrfach anerkennend über diese Tätigkeit. Zu Settembrinis Wertschätzung Hans' Tätigkeit gegenüber gehört auch, dass er diesen häufig mit seiner Berufsbezeichnung „Ingenieur" anredet (z. B. S. 269).

Recht schnell nach Castorps Ankunft im Lungensanatorium nimmt sich der Italiener Hans' an und sorgt als eine Art Pädagoge für den Hamburger Patriziersohn. Die erste Begegnung der beiden Vettern Hans und Joachim mit Settembrini findet während eines Spazierganges in der näheren Umgebung des Berghofes statt (vgl. S. 81).

NAPHTA

Leo Naphta hingegen ist ein Typ ganz anderen Einschlags und somit prädestiniert dafür, die Rolle des **Gegenspielers** zu übernehmen, der in diesem Falle als Diskussionspartner Lodovico Settembrinis auftritt. Leo Naphta wird erst recht spät in die Handlung des Romans eingeführt (vgl. S. 511 ff.). Er ist Jesuit und Kommunist, ein Revolutionär im religiösen Gewand. Der Abschnitt *Operationes spirituales* klärt den Leser über Naphtas Vergangenheit auf (vgl. S. 602 ff.). Der Sohn eines jüdischen Schächters, der nach dem skurrilen Tod seines Vaters von einem Jesuitenpater aufgenommen wird, der ihn taufen lässt, wird in den Orden der Jesuiten aufgenommen. Allerdings nimmt diese Karriere ein vorzeitiges Ende, als bei Naphta ein von der Mutter geerbtes Brustleiden festgestellt wird, welches ihn zu einem Sanatoriumsaufenthalt im ‚Berghof' zwingt. Naphta befindet sich zum Zeitpunkt des Kennenlernens mit Castorp bereits seit gut fünf Jahren auf dem Zauberberg. Er bewohnt das gleiche Haus wie Lodovico Settembrini. Im Gegensatz zu diesem vertritt er jedoch nicht die Ideale der Aufklärung und des Humanismus, sondern lässt in seinen Worten durchaus radikales Gedankengut durchschimmern. Er redet in gewisser Weise anti-aufklärerisch, wenn er den Terror als die neue Errungenschaft der Jugend preist (vgl. S. 549).

VERHÄLTNIS ZU HANS CASTORP

Beiden gemeinsam ist jedoch die pädagogische Absicht gegenüber Castorp. Sowohl Settembrini als auch Naphta ist daran gelegen, Hans – und zunächst bis zu dessen Tod auch Joachim – für ihre Sache einzunehmen, ihn auf ihre Seite zu ziehen.

Nicht unglücklich darüber, in Naphta einen Diskussionspartner seines Formats zu haben, warnt Settembrini die beiden Vettern jedoch auch vor dessen Ansichten und gibt zu erkennen, dass er den Jesuiten keinesfalls sympathisch findet (vgl. S. 558 f.).

Im Abschnitt *Schnee* gelingt Hans eine **Loslösung** von beiden, wenn er nach seinem Traum für sich feststellt, dass sowohl Settembrini als auch Naphta „Schwätzer" (S. 678) sind. Die zentrale Passage des Romans schließt sich an diese Erkenntnis an. Sie lautet: „Ich will gut sein. Ich will dem Tod keine Herrschaft einräumen über meine Gedanken! Denn darin besteht die Güte und Menschenliebe, und in nichts anderem." (S. 679) Interessanterweise hat Castorp diese Erkenntnis schon am Abend nach seiner Wiederkunft im Sanatorium fast wieder vergessen, so dass beim Leser der Eindruck entsteht, dass dieses Bildungserlebnis nicht in eine Form des Handelns führt, sondern bloß Episode bleibt (vgl. S. 682).

## Aufgabe 2 *

**Analysieren Sie die Rolle des Erzählers.**

**Welche Eigenschaften können Sie ihm zuweisen? Welcher Erzählertypus „spricht" in dem Roman? Warum behandelt Thomas Mann die Rolle des Erzählers mit dem Stilmittel der Ironie?**

### Mögliche Lösung in knapper Fassung:

WELCHE ERZÄHLFORM?

Die Rolle des **Erzählers** ist einer der interessantesten Aspekte des Romans *Der Zauberberg*. Häufig wird das Erzählen selbst zum Thema des Romans (z. B. S. 9 f.). Unklar bleibt bis zum Schluss des Romans, mit welcher Form des Erzählers Thomas Mann gearbeitet hat. Häufig meint man, es mit einem **auktorialen Erzähler** altbekannten Zuschnitts zu tun zu haben – mit einem Erzähler, der über jedes Detail der Handlung gut informiert ist und sich „einmischt". Dieses Bild des souveränen, über sein Material verfügenden, allwissenden Erzählers bröckelt jedoch nicht erst gegen Ende des Romans, wenn der Erzähler seinen Leser mit der Frage allein lässt, ob – und wenn ja, wie – Hans Castorp die Katastrophe des Ersten Weltkrieges überleben wird und somit endgültig klar wird, dass der Erzähler nicht über ein allumfassendes Wissen verfügt (vgl. S. 984). An dieser Stelle des Romans stellt sich der Leser vielleicht die Frage, ob auch der Erzähler Teil der verwunschenen Zauberberg-Welt ist, als Patient im Sanatorium Berghof, seinen Mitpatienten Hans Castorp in eine ungewisse Zukunft, in den Krieg verabschiedend, von dessen Grauen der Leser durch die Augen des Erzählers noch erfährt, bevor sich Castorps Spur im Schlachtengetümmel verliert. Doch wie sollte es dem Erzähler möglich sein, über Castorps Leben im Krieg zu berichten, wenn er selbst lediglich aus der Sicht eines Sanatoriumspatienten auf den jungen Mann blickt? Die Rolle des Erzählers ist bis zum Schluss nicht endgültig zu klären.

Schon zu Beginn des Vorsatzes kommen Zweifel bezüglich der Rolle des Erzählers auf, nicht zuletzt erzeugt durch die Verwendung der 1. Person Plural in „Die Geschichte Hans Castorps, die wir erzählen wollen“ (S. 9). Dieses „Wir“ kann einerseits für eine gewisse Glaubwürdigkeit der Erzählerfigur stehen, andererseits aber auch für eine alte, schon zu Beginn des 20. Jahrhunderts überkommene Form des Erzählens; in jedem Fall handelt es sich um eine Förmlichkeit im Gestus, die dem Leser signalisieren könnte, dass er es mit einer Erzählerfigur zu tun hat, zu der er sich mitunter auch distanziert verhalten darf, weil sie ihm so fremd, gleichsam wie aus einer anderen Zeit kommend, erscheint.

**IRONIE**

Das Bild vom allwissenden Erzähler verschwimmt auch an anderen Stellen der Handlung, etwa wenn der Erzähler sich zunächst wieder ins Gedächtnis rufen muss, dass Hans Castorp, Joachim zufolge, die Idee eines Botanikstudiums auf einem der Vorträge von Dr. Krokowski bekommen habe (vgl. S. 500). In Passagen dieser Art bemerkt man die **ironische Behandlung**, die die Erzählerfigur durch den Autor erfahren hat. Thomas Mann kommt es darauf an, den Leser in eine Situation zu bringen, in der er ein Urteil über die Figuren losgelöst von Erzähler und Autor machen kann. Dieser erzählerische Ansatz ist ein moderner. Er passt in die Zeit des 20. Jahrhunderts, in dem fest gefügte Normen nach und nach ihre Gültigkeit verloren und die Frage über richtig und falsch schließlich in vielen Lebensbereichen kaum noch zu entscheiden war. Ein Autor, der seinen Lesern an dieser Stelle mit erhobenem Zeigefinger begegnet, wäre nicht mehr glaubhaft.

## Aufgabe 3 ***

**Beziehen Sie Stellung! Warum könnte es sich bei dem Roman *Der Zauberberg* um einen Bildungsroman handeln?**

**Gibt es möglicherweise Verschränkungen mit anderen Formen wie dem Zeit- oder dem Gesellschaftsroman?**

**Mögliche Lösung in knapper Fassung:**

BILDUNGSROMAN VERSUS GESELLSCHAFTSROMAN

Hans Castorps erfährt während seiner Reise auf den Zauberberg unzweifelhaft Bildungserlebnisse. Insofern steht der Roman zu Teilen sicherlich in der Tradition des sogenannten **Bildungsromans**, wie er in Deutschland seit Goethes *Wilhelm Meister* immer wieder verfasst wurde. Allein schon die beiden Figuren Settembrini und Naphta tragen viel zu Castorps Bildung bei, auch wenn er sie letztlich beide als Schwätzer entlarvt, wobei auch diese Erkenntnis als ein Ergebnis von Bildung betrachtet werden kann. Jedoch kann man nicht darüber hinwegsehen, dass die zahlreichen Diskussionen der zwei Männer ihm bis zu einem gewissen Grad eine Erweiterung seines geistigen Horizonts ermöglichen. Auch das Zusammentreffen mit Clawdia Chauchat auf erotischer Ebene (vgl. S. 458 f.) ermöglicht Castorp in gewisser Weise eine Art von Erkenntnisgewinn. Die Lösung von Clawdia (vgl. S. 789) durch die Anwesenheit Peeperkorns (vgl. S. 751) wäre als ein weiterer Bildungserfolg zu bezeichnen, erlangt Hans doch auf diese Weise eine größere Unabhängigkeit von der Russin.

Problematisch ist die Deutung des Buches als Bildungsroman vor allem in Anbetracht der Tatsache, dass diese Bildungsreise in den Ersten Weltkrieg mündet und somit alle Bildung letztlich vergebens ist. An dieser Stelle kommt die Deutung des Buches als **Gesellschaftsroman** ins Spiel. Denn jenseits von allen Bildungserlebnissen wird schließlich auch eine dekadente Gesellschaft vorgeführt, deren endgültiges Ende mit Eintritt des Weltkrieges besiegelt ist. Der Roman schildert den **Untergang einer bürgerlichen Welt**. Die Errungenschaften dieser Welt werden dem Leser anhand von Castorps Bildungserlebnissen noch einmal geschildert, bevor diese sich endgültig auflöst und die Geschichte Hans Castorps damit umfassend und bis zum Ende erzählt ist (vgl. S. 983). Verwandt ist der Gesellschaftsroman mit dem sogenannten **Zeitroman**, denn auch dieser versucht, ein Bild einer Gesellschaft innerhalb einer bestimmten Epoche zu zeichnen. Eine klare Grenzlinie zwischen Gesellschaftsroman und Zeitroman ist häufig schwer zu ziehen. Im Falle des *Zauberbergs* behandelt der Autor die Jahre von 1907–1914, was sich schnell erschließt, da Castorp sieben Jahre auf dem Zauberberg verbringt. Schon im *Vorsatz* weist der Erzähler darauf hin, dass Castorps Geschichte nicht zügig erzählt werden kann. Die Vermutung, dass die **erzählte Zeit** sich über sieben Jahre erstrecken könnte, wird bereits hier geäußert (vgl. S. 10). Schlagwörter wie „Epoche" oder „Zeitgenossenschaft" (S. 49) tauchen schon zu Beginn des Romans auf, in Verbindung mit der Feststellung, dass die Jahre, von denen zu berichten sein wird, den Charakter des Hoffnungslosen tragen (vgl. S. 50). Passagen dieser Art zeugen durchaus von einer gewissen Form der **Zeitkritik**, die vielen Zeitromanen gemein ist. Immer wieder begegnet der Leser im Laufe des Romans Abschnitten, in denen – mehr oder weniger direkt – die gesellschaftlichen Zustände zur Zeit vor dem Weltkrieg angeprangert werden, manchmal geäußert als böse Vorahnung Hans Castorps (vgl. S. 872) oder ganz direkt geäußert als „Zanksucht" (S. 938) unter den Patienten, z. B. im vorletzten Abschnitt des Romans.

**DAS THEMA „ZEIT"**

Das Thema „Zeit" ist darüber hinaus ein den ganzen Roman beherrschendes Thema. Zunächst einmal im Hinblick auf die Länge der Kapitel, denn jedes Kapitel ist länger als das Vorangegangene und beansprucht somit mehr Lesezeit. Diese Gliederung der Kapitel sorgt dafür, dass das Zeitgefühl des Lesers von Kapitel zu Kapitel immer stärker schwindet, vergleichbar dem Zeitgefühl des Helden, der eine ganz ähnliche Entwicklung erlebt. Die erste wichtige Reflexion über das Thema „Zeit" erfolgt im Abschnitt *Gedankenschärfe* (vgl. S. 94), gefolgt von vier wichtigen Einschüben über das Thema in den Abschnitten *Exkurs über den Zeitsinn*, *Ewigkeitssuppe und plötzliche Klarheit*, *Veränderungen* und *Strandspaziergang*.

Um welche Romanform es sich handelt, kann also nicht definitiv und eindeutig geklärt werden, da Thomas Mann die verschiedenen tradierten Romanformen Bildungs-, Gesellschafts- und Zeitroman miteinander verschränkt und so keine abschließende Zuordnung möglich ist.

## Aufgabe 4 *

**Beschreiben Sie das Verhältnis zwischen Hans Castorp und Clawdia Chauchat!**

**Wodurch zeichnet sich die Beziehung der beiden aus? Welche Schlüsse zieht Hans Castorp im Hinblick auf diese Beziehung nach der Ankunft Mynheer Peeperkorns im Sanatorium Berghof?**

**Mögliche Lösung in knapper Fassung:**

HANS CASTORP

Hans Castorp wird als **mittelmäßiger Held** geschildert (vgl. S. 49). Im Vorsatz wird darauf hingewiesen, dass die Geschichte, die erzählt werden soll, nicht „um seinetwillen … , sondern um der Geschichte willen" (S. 9) erzählt werden soll. Der früh verwaiste Hamburger hatte sich ursprünglich auf den Zauberberg begeben, um seinen lungenkranken Vetter Joachim Ziemßen für eine Dauer von drei Wochen zu besuchen. Aus den drei Wochen werden schließlich sieben Jahre, bis die Geschichte um ihn im Kriegstreiben des Ersten Weltkriegs ausklingt. Über seine Zukunft erfährt der Leser nichts. Der Erzähler jedoch macht zum Schluss deutlich, dass ein Überleben Castorps wohl eher unwahrscheinlich ist, die Chancen, die Katastrophe zu überleben, stehen „schlecht" (S. 983).

Zu Beginn des Romans empfindet Castorp die neue Umgebung als seltsam und das Leben im ‚Berghof' befremdlich (vgl. S. 117). Mit der Zeit jedoch wandelt sich sein Bild vom Sanatorium und er beginnt, Gefallen am Leben auf dem Zauberberg zu finden, was seiner gelegentlichen Neigung zur Faulheit und zum Müßiggang entspricht. Das Bild vom Müßiggang wird beispielsweise unterstrichen durch Castorps häufiges Rauchen von Zigarren (vgl. S. 71). Auch die Bekanntschaft mit Lodovico Settembrini trägt zur recht raschen Eingewöhnung bei, denn der italienische Literat nimmt sich Castorp als eine Art Pädagoge an, der durch seine Art, Hans seine Sicht auf die Welt zu schildern, Abwechslung in den ansonsten eintönig gehalten Tagesablauf im Sanatorium bringt. Höhepunkte im Berghof-Alltag bilden in Kontrast dazu die täglichen Liegekuren und das Fiebermessen.

CLAWDIA CHAUCHAT

Eine andere Bewohnerin des Sanatoriums, Clawdia Chauchat, ist Castorp zunächst suspekt. Sie zeichnet sich in erster Linie dadurch aus, die Glastür des Speisesaals bei Eintritt in diesen in einer Form zuzuknallen, dass jeder Patient sofort weiß, wer gerade den Speisesaal betreten hat (vgl. S. 109). Castorp findet das höchst unangenehm. Auch fallen ihm bei dieser ersten bewussten Wahrnehmung der jungen Russin deren zerkaute Fingernägel auf (vgl. S. 109). Dass die Beziehung der beiden eine besondere Komponente erhalten wird, erahnt der Leser schon kurze Zeit darauf: Hans träumt gleich zweimal „genau in derselben Form" (S. 130) von Clawdia, die die Glastür auf die gleiche Weise zuschlägt wie in der Realität. Im Traum jedoch reicht Castorp ihr die Hand und küsst diese entgegen aller Gepflogenheiten. Bald darauf wird ihm klar, dass Clawdia ihn an seinen ehemaligen Mitschüler Hippe erinnert. Für ihn hatte er während seiner Schulzeit geschwärmt. Besonders angetan war er damals von dessen „Kirgisenaugen" (S. 171). Von Hippe hatte er sich in der Schule einen Bleistift geliehen (vgl. ebd.). Im Abschnitt *Tischgespräche* erfährt Castorp, dass Clawdia mit einem russischen Beamten verheiratet ist (vgl. S. 191). Hans bemerkt, dass er sich in Clawdia verliebt hat (vgl. S. 196).

Bei einem Gespräch mit Hofrat Behrens erfährt Hans, dass Behrens ein Porträt von Clawdia Chauchat anfertigt, welches in dessen Wohnzimmer hängt (vgl. S. 354). Im Abschnitt *Walpurgisnacht* kommt es zwischen Hans und Clawdia zu einem Gespräch über dieses Porträt. Sie kommunizieren in einer Mischung aus Französisch und Deutsch. Ebenfalls in einer Mischung dieser Sprachen wird die sich anschließende Liebesnacht der beiden geschildert (vgl. S. 458 ff.). Nach dieser gemeinsamen Nacht reist Clawdia ab.

Während Hans an einer ernsten Beziehung zu der Russin interessiert ist und dafür sogar bereit ist, auf deren Rückkehr zu warten, hat Clawdia rasch wechselnde Liebesbeziehungen und nicht die Absicht, eine ernsthaften Bindung mit Hans einzugehen. Obwohl sie verheiratet ist, kann man davon ausgehen, dass sie neben Hans noch weitere Liebschaften pflegt. Eine homoerotische Komponente gewinnt das Verhältnis der beiden durch die Ähnlichkeiten Chauchats zu Hippe, Castorps ehemaligen Mitschüler. Der Bürgersohn Hans Castorp ist für die Exotik Clawdias empfänglich, die gar nicht in seine bisherige Lebenswirklichkeit zu passen scheint.

MYNHEER PEEPERKORN

Clawdia kehrt erst im Abschnitt *Mynheer Peeperkorn* zurück. Diesmal erscheint sie in Begleitung des niederländischen Kaffeepflanzers Mynheer Pieter Peeperkorn (vgl. S. 752). Dieser Umstand sorgt bei Hans zunächst für eine große Irritation, haben die beiden doch sogar eine gemeinsame Reisekasse (vgl. ebd.). Mynheer Peeperkorn zeichnet sich – im Gegensatz zu Settembrini und Naphta – nicht durch intellektuelle Präsenz aus, sondern durch seine **charismatische Persönlichkeit**. Trotz der Vorbehalte, die Castorp zunächst Distanz zu Peeperkorn halten lassen, zeigt er sich fasziniert von der Persönlichkeit des Holländers. Auch Peeperkorn zeigt gewisse Sympathien für Hans Castorp und erklärt sich und Hans im Abschnitt *Vingt et un* zu Duzbrüdern (vgl. S. 776), eine nicht alltägliche Geste. Stark betrunken fordert Peeperkorn Hans daran anschließend auf, Clawdia einen Kuss auf die Stirn zu geben, was dieser ablehnt (vgl. S. 787). Einige Zeit später fragt er Hans in einem Gespräch, ob dieser in Clawdia verliebt sei (vgl. S. 829), was Hans zunächst bestreitet, um dann aber seine Gefühle der Russin gegenüber zu beschreiben (vgl. S. 834).

LOSSAGUNG

Dennoch ist Castorp bereit, sich um der Gunst Peeperkorns willen von Clawdia zu lösen. Er will die neugewonnene Bekanntschaft zu dem Holländer nicht aufs Spiel setzen, kann sich aber nur dann dessen Faszination hingeben, wenn er sich von der Russin distanziert.

Nachdem Castorp im Abschnitt *Schnee* sich bereits von Settembrini und Naphta losgesagt und sie als „Schwätzer" entlarvt hatte, geht er nun auch auf Distanz zu der jungen Russin, auf deren Rückkehr ins Sanatorium er nach der Liebesnacht lange hingefiebert hatte. Einen anderen ernsthaften Grund, den Berghof nicht schon früher zu verlassen, gab es nicht. Umso mehr beeindruckt diese Loslösung im Angesicht der Präsenz Peeperkorns. Doch Peeperkorn – der das Feiern liebt und so als eine Art Dionysos-Figur auftritt – kann Hans Castorp durch seine Persönlichkeit sowie durch seine starke Ausstrahlung, die in diesem Zusammenhang als eine andere Form von Eros zu deuten ist, eine gleichwertige Alternative zu der Liebe zu Clawdia bieten.

# LITERATUR

## Primärtexte

**Mann, Thomas:** *Der Zauberberg.* Frankfurt am Main: Fischer Taschenbuch Verlag, 19. Auflage 2008.

**Mann, Thomas:** *Reden und Aufsätze.* Frankfurt am Main: Fischer Taschenbuch Verlag, 1990 (Gesammelte Werke, Bd. 3).

## Sekundärliteratur (Auswahl)

**Altenberg, Paul:** *Die Romane Thomas Manns. Versuch einer Deutung.* Bad Homburg von der Höhe: Hermann Genter, 1961.

**Dierks, Manfred:** *Studien zu Mythos und Psychologie bei Thomas Mann.* An seinem Nachlass orientierte Untersuchungen zum ‚Tod in Venedig', zum ‚Zauberberg' und zur ‚Joseph-Tetralogie'. Frankfurt am Main: Klostermann, 2. Auflage 2003 (Thomas-Mann-Studien, Bd. 2).

**Eloesser, Arthur:** *Thomas Mann. Sein Leben und sein Werk.* Berlin: S. Fischer, 1925.

**Engelhardt, Dietrich von (Hrsg.):** *‚Der Zauberberg' – die Welt der Wissenschaften in Thomas Manns Roman.* Stuttgart: Schattauer, 2003.

**Gloystein, Christian:** *Mit mir aber ist es was anderes. Die Ausnahmestellung Hans Castorps in Thomas Manns Roman ‚Der Zauberberg'.* Würzburg: Königshausen & Neumann, 2001.

**Hansen, Volkmar:** *Thomas Mann.* Stuttgart: Metzler, 1984.

**Heißerer, Dirk:** *Meisterwerke kurz und bündig. Thomas Mann: Der Zauberberg.* München: Piper, 2000.

**Hofmann, Fritz:** *Der Zauberberg.* In: Fix, Peter u. a.: Das erzählerische Werk Thomas Manns. Entstehungsgeschichte, Quellen, Wirkung. Berlin, Weimar: Aufbau, 1976, S. 115 f.

**Jens, Walter (Hrsg.):** *Kindlers neues Literaturlexikon*. Bd. 11. München: Kindler, 1988/1998; Lizenzausgabe für Frechen: Komet MA-Service- und Verlagsgesellschaft, S. 56–92.

**Kämper-van den Boogaart, Michael:** *Thomas Mann für die Schule*. Berlin: Cornelsen/Volk und Wissen, 2001.

**Koopmann, Helmut:** *Die Entwicklung des ‚intellektualen Romans' bei Thomas Mann*. Untersuchungen zur Struktur von ‚Buddenbrooks', ‚Königliche Hoheit' und ‚Der Zauberberg'. Bonn: Bouvier Verlag Herbert Grundmann, 2. Auflage 1971.

**Koopmann, Helmut (Hrsg.):** *Thomas-Mann-Handbuch*. Frankfurt am Main: Fischer Taschenbuch Verlag, 2005.

**Kurzke, Hermann:** *Thomas Mann. Das Leben als Kunstwerk. Eine Biographie*. München: C. H. Beck, 2000.

**Kurzke, Hermann:** *Thomas Mann. Epoche – Werk – Wirkung.* München: C. H. Beck, 1997.

**Neumann, Michael:** *Thomas Mann. Romane.* Berlin: Erich Schmidt, 2001 (Klassiker-Lektüren).

**Pabst, Reinhard:** *Der entzauberte Berg.* In: Focus, 30. Dezember 2002.

**Pabst, Reinhard:** *Thomas Mann in Davos.* Frankfurt am Main: Insel, 2006.

**Sauereßig, Heinz:** *Die Entstehung des Romans ‚Der Zauberberg'. Zwei Essays und eine Dokumentation.* Biberach an der Riss: J. Fink, 1965 (Schriftenreihe Wege und Gestalten).

**Schröter, Klaus:** *Thomas Mann.* Reinbek bei Hamburg: Rowohlt, 32. Auflage 2002.

**Schwarberg, Günther:** *Es war einmal ein Zauberberg. Thomas Mann in Davos.* Göttingen: Steidl, 2001.

**Sprecher, Thomas (Hrsg.):** *Vom ‚Zauberberg' zum ‚Doktor Faustus'. Die Davoser Literaturtage 1998.* Frankfurt am Main: Klostermann, 2000 (Thomas-Mann-Studien, Bd. 23).

## Verfilmung

*Der Zauberberg.* Ein Film von Hans W. Geissendörfer. BRD/Frankreich/Italien 1981.

## Dokumentarverfilmung

*Die Manns. Ein Jahrhundertroman. Ein Dokumentardrama.* Teil 1–3 und Making Of. Regie: Heinrich Breloer, Koautor: Horst Königstein. 2 Videokassetten. 2001. Erstsendung: ARD, 17., 19. und 21. Dezember 2001.

## Materialien aus dem Internet

http://www.thomasmann.de

(Unter dieser URL finden interessierte Leser weiterführende Informationen zum Leben und Werk Thomas Manns. Es gibt eine ausführliche Biografie, ein Wörterbuch des Thomas Mann'schen Wortschatzes, eine kommentierte Linkliste und aktuelle Terminhinweise zum Beispiel zu Ausstellungen, Radioausstrahlungen, Veranstaltungen vom Buddenbrookhaus, etc.)

# STICHWORTVERZEICHNIS